U0124992

人気ブロガーとプロに学ぶおしゃれな写真の撮り方手帖

# 让清新入镜的日系创意摄影手记

[日] 悦亨图书（MOSH books）编著

苧湀 译

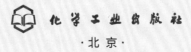

化学工业出版社

·北京·

在博客中，我们不仅能用照片来写日记，还能借以提高自己的拍摄水平。把自己的作品与网友分享，最重要的是获得来自不同人群的诚挚意见。本书收录了宠物、杂货、人像、旅行、夜景等各种题材的照片，通过24位人气博主与摄影达人的精彩作品，介绍拍摄的技巧与创意，帮助读者领略拍摄的乐趣，借由摄影拓宽自己的视角。

本书文字丰富而实用，配图美观而贴切，十分适合摄影爱好者阅读，特别是喜爱日系摄影的影友阅读。

## 图书在版编目(CIP)数据

让清新入镜的日系创意摄影手记 / [日]悦享图书（MOSH books）编著；苧湲译. —北京：化学工业出版社，2011.11
 ISBN 978-7-122-12600-9
 Ⅰ. 让… Ⅱ. ①悦… ②苧… Ⅲ. 摄影技术 Ⅳ. J4

中国版本图书馆 CIP 数据核字(2011)第 213086 号

NINKI BROGGER TO PRO NI MANABU OSHARE NA SHASHIN NO TORIKATA TECHO written and edited by MOSH books

Copyright © 2009 by MOSH books

All rights reserved.

Original Japanese editions published by Mynavi Corporations Inc.

This Simplified Chinese edition is published by arrangement with Mynavi Corporations Inc., Tokyo c/o Tuttle-Mori Agency, Inc., Tokyo through Shinwon Agency Co. Beijing Representative Office, Beijing.

本书中文简体字版由 Mynavi Corporations Inc 授权化学工业出版社独家发行。

未经许可，不得以任何方式复制或抄袭本书中的任何部分，违者必究。

北京市版权局著作权合同版权登记号：01-2011-5115

责任编辑：张素芳　　　　　　　　　　装帧设计：尹琳琳

出版发行：化学工业出版社（北京市东城区青年湖南街 13 号　邮政编码 100011）
印　　装：北京方嘉彩色印刷有限公司
710mm×1000mm　1/16　印张 9　字数 200 千字　2012 年 5 月北京第 1 版第 1 次印刷

购书咨询：010-64518888（传真：010-64519686）　售后服务：010-64518899
网　　址：http://www.cip.com.cn
凡购买本书，如有缺损质量问题，本社销售中心负责调换。

定　　价：39.80 元

# 前言

近来，在自己的博客中"晒"照片的时尚越来越风行。

在博客中，我们不仅能用照片来写日记，

还能借以提高自己的拍摄水平。把自己的作品与网友分享，

获得来自不同人群的诚挚意见。

通过博客平台的交流，

能认识不同风格的朋友，

还能欣赏到缤纷多彩的摄影图片，

真是何乐而不为。

萌到翻的可爱宠物、

新鲜出炉的甜点、亲友的温暖笑容，

日常生活中的幸福点滴，

旅途中让人惊喜连连的风景，

还是与白天呈现迥然不同意味的夜景。

本书收录了各种题材的照片，

通过24位人气博主与摄影达人的精彩作品，

介绍拍摄的技巧与创意。

想领略拍摄的乐趣，借由摄影拓宽自己的视角吗？

请翻开本书！

# 目 录 CONTENTS

## LESSON4 平凡生活中的闪光一瞬

## LESSON5 旅行的意义

## LESSON6 愈夜愈美丽

## 玩味古董相机和玩具相机

# 本书使用方法

本书按照主题分为 6 堂课，下面将介绍如何使用本书。在这 6 堂课中将分别介绍风格不同的专业摄影师与人气博客，分享一些拍摄的技巧以及相应的配搭小道具。

## ✳ 专业摄影师的拍摄重点心得

在每堂课中，专业摄影师将以分步解说的形式，讲述拍摄时应当注意的五大技巧，涵括了基本概念以及实战心得。此外，还奉送了使照片更有独特魅力的私家心得。

## ✳ 人气博主的创意摄影法

每堂课都特意邀请了 3 位人气博主分享他们的拍摄技巧，以及最心水的百搭小道具。包括他们的拍摄方式，拍摄时的构思，强力推荐的相机以及胶卷等。所有的照片都提供了快门速度、光圈大小等信息，以作参考。

## ❶ 提示拍摄重点的小图标 →小图标的具体含义请参见下一页

光线选择、光圈设定、布景陈设等在拍摄时需要着重考虑的部分都以图标的形式呈现。想要拍出与范例照片相似的效果，要特别留意小图标的提示。

## ❷ 技巧与想法

介绍拍摄时的具体状况以及相应的处理方式。每堂课都会介绍风格迥异的摄影家以及摄影作品。了解了他们拍摄照片时的想法，对于提升摄影水平应该大有帮助。

## ❸ 拍摄信息

提供每张照片的拍摄设定。其中包括相机型号、镜头信息（焦距、最大光圈）、快门速度、光圈值以及ISO值。若使用的是传统相机，则提供胶卷类型。

## ❹ 配件介绍

除了拍摄出范例照片的效果所需的相应道具以外，还推荐了相机、镜头、胶卷等，书中有介绍胶卷的专门栏目，以及选用这些胶卷拍摄的照片。

## ❺ 拍摄重点

主要介绍范例照片的拍摄重点，辅以相机的使用方法以及布景配搭的技巧，解说深入浅出。并提供拍摄特定风格照片时用得上的信息。

## ❻ 实用插图

仅用文字恐怕难以展现拍摄时的具体情况，用插图加以展现，以简单明了的方式标示出光源的方向，拍摄者与被摄主体之间的距离等实用信息。

## ❼ 博客基本资料

介绍博客以及博主的基本信息，以及拍摄选用的相机类型。会让博主分享拍摄与管理博客的一些心得体会，适当简短访问博主，可提供一些仅靠浏览博客难以掌握的信息。

# ✳ 小图标的含义

在上一页的第 1 点中提到的小图标共有 9 个，以下将分别介绍其含义。

## 曝光补偿（调整照片明暗）

在非手动拍摄模式下，若光线不足须启用曝光补偿功能，或是选取光线更佳的场地拍摄。有时为刻意表现过度曝光的效果也会选用该功能。

## 相机选择

为了更好地表现被摄主体，需要选择最为适合的相机，或选用别具一格的相机以呈现不一样的效果。相机的选择可体现拍摄者的匠心独具。

## 构图

如何在画面中安插被摄主体，如何调整留白比例、什么样的角度拍摄才能别具特色。构图的思考能带来更优秀的作品。

## 相片剪辑

博客的图文一般都是自上而下排列，可以使用叙事或者其他的方式巧妙排列相片在博客中呈现的顺序，营造不同气氛。

## 色调

白平衡的设定、胶卷的选择，或者通过软件进行后期处理，都能让处理后的影像呈现自己想要的色调。

## 布景陈设

被摄主体与配搭的小道具呼应得当，会让相片增色不少。虽然大多在拍摄点心写真时才会注重摆设，但拍摄小玩意与宠物时也不妨一试。

## 光线方向

不管是室内还是户外，自然光或人工光源，都需注意选择投射在被摄主体上的光线方向，比如考虑到底选择侧光还是逆光。

## 光圈

拍摄时若想表现出不同景深的效果，可通过调节光圈大小来实现。比如想让被摄主体更突出，或是想特别强调局部细节时，借助大光圈的设定并靠近被摄主体拍摄可以获得浅景深的效果。

## 快门速度

在拍摄运动物体的某一瞬间，或是强调物体的动态感觉时，把物体的运动方式与快门速度结合起来考虑调节就能拍出满意的照片。

# 相机的基本知识

在学习涵括丰富技巧的课程之前，我们首先需要了解关于相机的基本知识。这部分将以浅显易懂的方式介绍单反相机以及傻瓜相机的构造、相机的使用方法等实用知识。

# 单反相机的基本知识

拍摄时想要表现更大范围的空间，通常需要选用单反相机。那么究竟什么是单反相机？这节将介绍单反相机与傻瓜相机在结构上的差异，以及数码单反与传统单反的差异。

## ✳ 何为单反相机

单反相机的全名是单镜头反光相机。它在镜头与胶卷（或感光元件）之间安放了一片反光镜，能将进入镜头的图像经由反射镜反射到五棱镜，再经过折射进入取景框内，我们就能看到与被摄体一致的影像了。

直接使用取景框取景拍摄

能够更换镜头

可手动对焦

能近距离拍摄

"单镜头"是指取景框所见的影像与胶卷上的影像都来自同一个镜头。而"反光"是指使用了反光镜这种结构。

## ✳ 单反相机的内部结构

从镜头进入机身内部的光线（影像）先经由反射镜反射，反射镜的影像是左右颠倒的，在影像进入到机顶的五棱镜之后，经过几次折射修正再进入取景框中，我们就能在取景框中看到与实际被摄主体一致的影像。

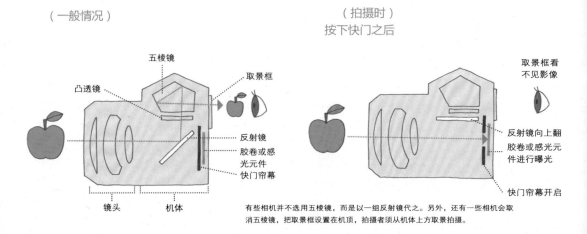

（一般情况）

（拍摄时）按下快门之后

五棱镜

凸透镜

取景框

反射镜

胶卷或感光元件

快门帘幕

镜头

机体

取景框看不见影像

反射镜向上翻

胶卷或感光元件进行曝光

快门帘幕开启

有些相机并不选用五棱镜，而是以一组反射镜代之。另外，还有一些相机会取消五棱镜，把取景框设置在机顶，拍摄者须从机体上方取景拍摄。

## ✳ 单反相机与傻瓜相机的差异

如上页所述，在单反相机中我们看到的影像与被摄主体并无二致。但由于傻瓜相机的取景框并未与镜头关联，因此在镜头上所作的光圈、对焦等调整无法实时通过取景框反馈给拍摄者，所以实际拍摄的影像会与构图时所看到的有所差异（参见右图）。若同为数码相机，单反与傻瓜相机另一个显著差别则在于感光元件大小（参见右下图）。感光元件的尺寸直接关系到影像质量的高低。一般来说，尺寸越大，就能获取更多的影像信息，所以画质也更好。

傻瓜相机的构造

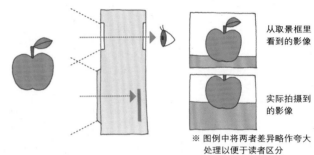

从取景框里看到的影像

实际拍摄到的影像

※ 图例中将两者差异略作夸大处理以便于读者区分

感光元件的大小

感光元件的大小在一定程度上取决于相机的大小，因此像傻瓜相机这样小巧的机身多半也会使用较小的感光元件。

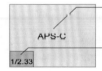

APS-C=23.4mm×16.7mm
大多数码单反相机使用该尺寸的感光元件

1/2.33=6.2mm×4.6mm
大多数码便携式相机采用该尺寸的感光元件。

## ✳ 数码单反相机与传统单反相机的差异

它们的基本结构虽然大致相同，但一个是采用感光元件，另一个则使用胶卷来获取影像（参见右图）。而且，胶卷必须在拍摄后经冲洗流程才能看到影像，数码相机的影像则是存储在记忆卡中（比如 CF、SD 记忆卡），拍摄后实时就能看到影像，如果不满意即可马上重拍。但是，假若数码相机出现问题，拍好的影像可能会全部丢失。

数码：<感光元件>+<记忆卡>

感光元件接收从镜头进入的光线，并将其转换成电子信号，经过处理的影像以数据的形式存储在记忆卡中。

胶卷：

通过涂在底片上的感光物质与光线发生作用记录影像。

尽管现在两者所拍摄的影像差异不大，但胶卷相机拍出来的影像相对来说比较柔和，数码相机拍出来的影像则感觉比较实在。

# 玩具相机与宝丽来相机的基本知识

玩具相机造型可爱又抓人，深受年轻人群的追捧；而宝丽来相机怀旧的外形，也颇为人们青睐。

## ✳ 何为玩具相机

就同字面意思一般，这类相机如同玩具一般可爱，操作也相当简单，只要装上胶卷，按动快门即可。机身及镜头大多采用塑料材质，因而售价低廉也是其大受欢迎的原因。

HOLGA 120CFN

使用120规格胶卷。该相机可尝试不同配件配搭的乐趣，是玩具相机中的热门机型。

刺猬相机

使用110规格胶卷。手掌大小的迷你机身。该公司推出了一系列以昆虫、动物为主题的相机，机身都装饰有不同的可爱图案。

## ✳ 玩具相机的特色

使用玩具相机拍摄的照片，大多会呈现一种独特的"隧道效果"，即相片四周会出现暗角。相片颜色偏淡，画质较粗糙，但整体散发一股柔和氛围，别具特色。

< 玩具相机拍摄 >

< 一般相机拍摄 >

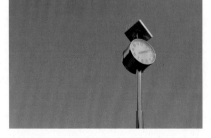

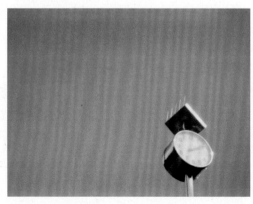

## ✳ 何为宝丽来相机

　　该相机拍摄完成后不久，就能从机身传出的相纸上看到影像。国外一般通称该类相机为"instant camera"，但由于相机是由宝丽来公司发明的，因此常常昵称其为"宝丽来相机"。近年来由于市场萎缩，宝丽来公司已于 2008 年夏天停产宝丽来专用相纸。

**Polaroid SX-70**

该款单反宝丽来相机具有折叠功能，由宝丽来公司于1972 年推出。在复古相机小场具有相当高人气。

**Polaroid 690SLR**

宝丽来公司于 1982 年推出的 SX-70 的升级机型，也是折叠式单反宝丽来相机的最后一代产品。

**Polaroid LAND CAMERA 1000**

该款宝丽来相机无法折叠，外形似盒子，往往被戏称为"box type"（盒型）。此后有多款类似外形机型推出。

**Polaroid 高感光度相纸**

当时是比较常见的宝丽来专用相纸，现在虽已停产，仍可在部分店面购买到。

\* 除了宝丽来公司之外，还有其他公司也生产类似相机。比如富士公司推出的"instax mini"。另外，还有供专业摄影使用的特定相纸，比如富士公司推出的"FP-100C"等，目前也仍在生产。

## ✳ 宝丽来相机的特色

　　白色边框围绕下的正方形影像以及柔和的画面，是宝丽来相机拍摄照片的标志。往往有人觉得将宝丽来相纸摇摇，可以让影像尽早显现，其实这是不正确的观念，这样会导致色彩不均，最好把拍好的照片水平放置，静候影像出现。另外，许多人都觉得宝丽来相机拍摄的照片仅此一张，无法加洗，但并非如此，详情可以咨询一下冲洗店。

< 宝丽来相机拍摄 >

< 一般相机拍摄 >

# 相机的使用方法

如果想近距离拍摄，肯定想了解相机是否支持这项功能，本文将介绍在拍摄前必须了解的事儿。

\* 所介绍的拍摄模式都为当前单反、傻瓜相机常见模式。

## ✳ 了解拍摄模式

目前在售的单反或者便携式相机，不管是数码还是胶卷相机，都内设了协助拍摄者简易操作的几种模式，拍摄前务必了解各种模式的特性，以方便拍摄时根据具体条件进行选择。

**自动设定项**　　* 由于厂家以及相机型号的不同，各种模式的名称会有所差异。

**AUTO ▣ （□）全自动模式**

使用这种模式能很方便地拍出设置相对正确的照片，在该模式下，相机会依据现场情况自动调节相机设置。

 **（▣）人像模式**

通过使背景模糊而突显人物的模式，有些机型甚至能把肤色也调节得相当靓丽。

 **（▣）风景模式**

该模式能让远近景色都清晰地呈现，可以用来表现景色开阔的感觉，适用于山景或海景拍摄。

**❀（❀）微距模式**

使用其他拍摄模式时，一般近距离拍摄时都难以对焦，而使本模式就能够轻松实现。适用于近距离拍摄小物件。

**（▣）运动模式**

不管是快速移动的交通工具还是运动中的人物，使用该模式都能获得清晰的影像，拍摄儿童或者宠物时也可使用该模式。

**（▣）夜间人像模式**

该模式可兼顾夜景与人物的表现，可同时表现夜间灯火或人物的生动表情。

**P** 程序自动曝光

可以自动设置快门速度和光圈大小，还可以通过开启闪光灯等方式使图像正确曝光。

**S Tv** 快门优先

先设置快门速度，相机会自动选择合适的光圈值。此模式主要用于运动物体的拍摄，也可防止由于手抖而导致的图像模糊。

**A Av** 光圈优先

事先设置好光圈大小，相机会根据拍摄条件自动调节其他参数。此模式可以有效地控制景深大小。想制造浅景深效果可使用此模式。

**M** 全手动

完全以手动方式调节快门速度与光圈的数值。通过光圈与快门速度的不同组合，影像表现的空间得到大大扩展。

**A-DEP** 自动景深自动曝光（A-DEP 仅限于 Canon EOS 系列）

通过相机的自动设定，可以使远近景物都得到清晰呈现，在特定范围内的景物都需要合焦时尤其适用。

# ✳ 什么是快门速度

## 快门速度与进光量的关系

快门能够调节光线进入相机的时间长短，开启的时间越长，则感光元件或胶卷接收到的光线越多，影像整体也愈发明亮。一般情形下，快门速度的设置必须依据拍摄现场的情况而定，比如可使用 1/500、1/60 甚至 1 秒以上的快门速度。

## 快门速度与影像模糊

快门速度除了影响照片整体的明暗度以外，还可能导致影像因相机的晃动而出现模糊的情况。快门速度太慢，再加上手抖或者物体的运动等都特别容易使拍摄的照片出现模糊影像。从右图可以看出，快门速度越慢，风车的扇叶就越不清晰。而手抖的问题可以借助三脚架来解决。

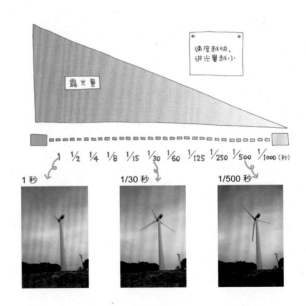

# ✳ 什么是光圈

**光圈与进光量的关系**

　　光圈能够控制光线穿过相机孔径的大小，从而控制进光量的多少，光圈数值越大，进入的光线越少；数值越小，进入的光线就越多。另外，光圈与对焦距离也有较大的关系，能够控制景物清晰的范围（景深范围）。

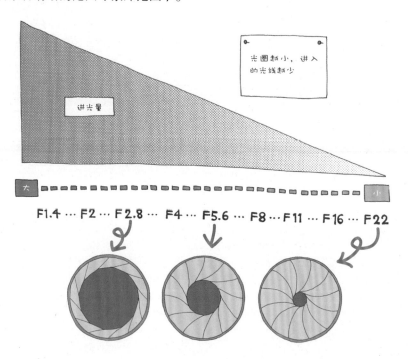

**光圈与景深范围的关系**

　　景深范围是指在该范围之内的景物都能得到清晰的影像，景深范围小，一般也称为"浅景深"，反之则称为"深景深"。光圈越大，景深越浅；光圈越小，景深越深。

　　另外，望远镜头的景深比广角镜头的景深要浅。

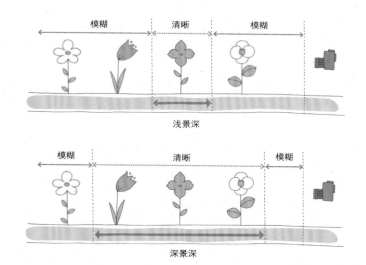

# ✳ 何为"曝光补偿"

## 曝光补偿与影像明暗度的关系

曝光补偿是指借由光圈与快门的组合，调节影像的明暗度，以实现自己想要的效果。

右图借示例照片来说明影像的明暗关系。右图在一般相机的取景框或液晶屏幕上都能看到。图中标示的"0"是相机测出的最适宜曝光值，数值偏向正的一方则表示"曝光过度"，偏向负的一方则代表"曝光不足"。

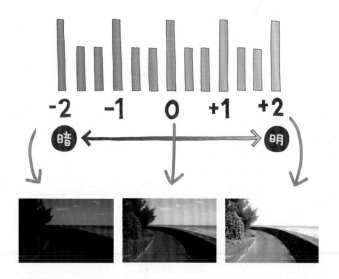

## 实现快门速度与光圈值之间的平衡

要实现相同程度的曝光效果有多种快门速度与光圈值的组合方式。选择何种组合，要由所需表现的效果而定，比如需要表现物体运动时的速度感时。

下面的 3 张图虽然明暗度相同，但由于采用了不同的快门速度与光圈的组合方式，所以可以看出被摄主体（蓝色杯子）的背景与前景的清晰程度有所差异。如果被摄主体处于运动状态，以不同的快门速度与光圈组合拍摄，可以清楚看出主体成像效果的不同。

| 光圈值（F 值） | F2 | F2.8 | F4 | F5.6 | F8 | F11 | F16 |
|---|---|---|---|---|---|---|---|
| 快门速度（秒） | 1/250 | 1/125 | 1/60 | 1/30 | 1/15 | 1/8 | 1/4 |

# ✳ 享受更换镜头的乐趣

## 镜头的种类

镜头按照焦距能否改变可分为"变焦镜头"和"定焦镜头"两类。在这两大类中，又可进一步细分为拍摄广阔景物的广角镜头，可以把远方景物放大拍摄的望远镜头以及可以近距离拍摄物体的微距镜头。

**定焦镜头**

由于焦距不可改变，拍摄者必须变换位置才能改变视角。

**变焦镜头**

拍摄者即使原地不动也能改变视角，变焦镜头的镜身比定焦镜头的大。

## 镜头焦距与视角的关系

视角（angle of view）是指景物被拍摄进来的范围，如果镜头的焦距短（比如广角镜头），视角就会变大，拍摄的范围就越开阔；如果镜头的焦距长（比如望远镜头），视角就会变小，只能拍摄到局部。右图是镜头焦距与视角关系的示意图。镜头越近于广角镜头，视角就越大，树木就显得越小；镜头越近于远望镜头，视角就越小，树木就显得越大。如果以 135 胶卷的片幅计算，50mm 镜头的视角所见范围与人眼几乎一致，故被称为标准镜头。

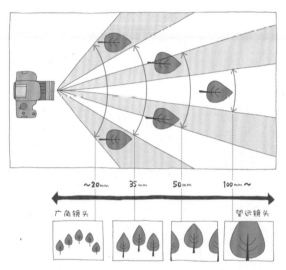

由于示意图是以 135 胶卷的片幅计算，所以呈现的镜头焦距与视角的关系可能与部分数码相机有所差异。

## 不同镜头呈现的不同风格

**广角镜头**

表现景物的开阔感，并不易受到手抖的影响。

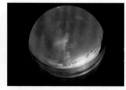

**鱼眼镜头**

一种极端的广角镜头，视角达到或者超出人眼所能看到的范围。

**望远镜头**

把远处的景物放大拍摄的镜头，焦距越长，镜头的体积也相应增大，重量也增加。

**微距镜头**

能够近距离拍摄物体，由于手抖会影响画面的清晰度，建议搭配三脚架使用。

LESSON1

# 萌到翻的可爱宠物

多想记录下来日常生活中与宠物嬉
戏、追逐的快乐时光，本堂课将讲授
一些屡试不爽的秘诀与创意来拍摄我
们想要抓住的每个幸福时刻。

## 专业摄影师的私家心得

📷 **新美敬子 Keiko Shinmi**

1962年出生，专职拍摄猫咪、狗狗的可掬憨态，借助制作电视节目到国外外景的机会，拍摄当地猫咪、狗狗的生活，并一发不可收拾，开始全世界的旅行，拍摄最爱的猫咪、狗狗。

新美敬子女士是如何展现宠物的完美魅力的？她将传授5点独家秘诀，从拍摄的基本功到自己拍摄的私家心得无不涵括在内。让我们跟着她一起拍摄与宠物的幸福时光吧！

不仅是在拍摄过程中，即使在拍摄完成后，把玩拍摄的影像也是难得的享受。随时随地都能欣赏宠物的可爱神情，对我来说，这就是摄影的魔力。为了能拍摄出更有魅力的照片，可以适当预判宠物随后的动作来进行拍摄。在房间里拍摄时切忌背景过于凌乱。

我建议使用数码单反相机，特别是拥有可视液晶屏幕的机型，便于以低角度拍摄，还不会给宠物造成压迫感，使用起来也更得心应手。

拍摄中可有不少需要注意的技巧，尤其重要的是，要始终保持"它太可爱了吧"这样的心情来拍摄，你的情绪肯定能传染给猫咪、狗狗，它们也会回报给你更可爱的表情。

快门速度：1/50秒 光圈：F2.8 ISO：400

## Point 1

### 不要使用闪光灯 🚫

闪光灯会强烈刺激猫咪、狗狗的眼睛，突然的闪光也会让它们受到惊吓，可能导致对拍照的抵触情绪。所以如果是在偏暗的环境中拍摄，可以用一张白纸放在它们面前，充当反光板的功能。

## Point 2　对焦在眼部，并兼顾画面均衡

拍摄时最好以宠物的眼睛为对焦点，但这也可能会导致画面留白太多。解决方案就是可以先半按快门锁定焦距，再通过移动取景框来调整构图，在兼顾画面均衡的情况下，定夺宠物的身体所处的位置及比例。

快门速度：1/320秒　光圈：F2.8 ISO：100

## Point 3

不要使用长焦镜头从远处拍摄，尽量接近被摄主体拍摄 🌷

快门速度：1/30秒　光圈：F5
ISO：400

如果使用长焦镜头从远处拍摄，则不易把握宠物的面部表情与细微动作，还容易受手抖的影响。尤其是拍摄小型的拍摄主体时，近拍更易展现有魅力的影像。

## Point 4

### 背景色须与宠物毛色配搭

快门速度：1/250秒
光圈：F5.6
ISO：125

背景色与宠物毛色应尽量避免属于同色系，否则会造成被摄主体的身体轮廓不太易区分。参见 OK！的图例，拍摄时注意背景色的配搭。

拍摄毛色为暗色系的宠物时，应将曝光补偿设定调为略微曝光不足；拍摄白色的宠物时，则应将其调为略微曝光过度。影像才能呈现较好的色彩、明暗效果。

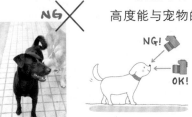

快门速度：1/60秒　光圈：F4 ISO：100

## Point 5　配合宠物的视线

拍摄时蹲下或者趴着，以便相机的高度能与宠物的视线高度平齐，这样就能如实呈现宠物最真实可爱的表情与背景。另外，如果从仰视的角度拍摄宠物的话，能表现出别样的逼人气势。

博客：**Maru in Michigan**

博主：祥子

网址：http://shibanomaru.blog43.fc2.com

# 臭美的狗狗 ☀ ▦ ◉

A

相机：Canon EOS Kiss Digital 镜头：15-80mm F2.8
快门速度：1/80秒 光圈：F2.8 ISO：1600

拍 摄 重 点

1. 了解宠物的行动特点。

2. 随时准备好相机。

3. 熟悉在各种环境条件
下的拍摄技巧。

我家的狗狗在镜子前
或起床时都会有有趣的举
动发生。当它在镜子前蠢蠢
欲动时，我会马上做好拍摄
的准备工作。以相片 A 为
例，我从拿起相机到拍下这
张照片，足足花了 10 分钟
左右，由于逆光的缘故，我
边拍摄边调整曝光，拍了差
不多 30 张才从中选出了这
幅作品。

B

相机：Canon EOS Kiss Digital 镜头：50mm F1.8
快门速度：1/50秒 光圈：F1.8 ISO：1600

# 捕捉丰富表情 🕐 🔲

　　吃完早餐后，狗狗享受地半闭着眼睛躺在地板上睡觉，脸上的表情尤其可爱。机不可失啊，我赶忙整个人趴在地上拍摄。在拍摄体格比人矮小的宠物时，即使是在室外，有时也得不顾形象地趴在地上操作。

　　拜摄影所赐，我的牛仔裤可是寿命越来越短。

相机：Canon EOS Kiss Digital 镜头：50mm F1.8
快门速度：1/80秒 光圈：F4.0 ISO：800

　　趴下之后，与宠物的视线平齐，就能发现更多宠物的丰富表情。

相机：Canon EOS Kiss Digital 镜头：15-80mm F2.8
快门速度：1/25秒 光圈：F2.8 ISO：1600

# 听话的狗狗 ⬡

平时就要注意一直把零食握在手中，这样一来，有时碰到适合拍摄的时刻，手头即使没有零食，宠物只要看到紧握的拳头，眼神也会配合地看向你。

相机：Canon EOS Kiss Digital　镜头：50mm F1.8
快门速度：1/500秒　光圈：F1.8 ISO：1600

拍摄过程不要太长，控制在5分钟以内，这也是抓拍宠物富有魅力表情的诀窍。

相机：Canon EOS Kiss Digital　镜头：50mm F1.8
快门速度：1/25秒　光圈：F1.8 ISO：1600

大光圈营造的浅景深也是拍摄的一大诀窍。

我在拍摄狗狗的抬头照时，会结合口令以及零食的神奇功效来调动狗狗的情绪。我会一边叫着"看这里"，一边用零食以及相机靠近它。它配合地看向镜头的话，我会把零食奖励给它，并多次重复，这样狗狗就能够形成条件反射，只要听到"看这里"，并看向镜头的话，就知道会有美味享用。

# 狗狗的动感瞬间

拍摄好动的宠物秘诀是：①使用高速快门；②预先判断宠物的行动；③适当的拍摄角度（拍摄姿势）。在拍摄时可一边预判宠物的行动，一边使用"伺服自动对焦功能"来连续追踪对焦，并尽可能地接近被摄主体和保持姿势稳定。

相机：Canon EOS Kiss Digital 镜头：50mm F1.8
快门速度：1/4000秒 光圈：F1.8 ISO：400

多云而光线柔和的广场

近距离拍摄

跪姿拍摄

## Profile

博主：祥子

博客：Maru in Michigan

网址：http://shibanomaru.blog43.fc2.com

摄影资历：不满一年

博客更新频率：每天

职业：上班族

装备相机：Canon EOS Kiss Digital

我和老公一起生活在没有多少日本同胞的密歇根州乡下，所以想用母语记录下来自己的感受，于是开始博客写作。每天在取景框里捕捉着狗狗高兴、生气、烦恼的表情，然后发表在博客上与大家一起分享，狗狗的表情和人类一样丰富多变，它们和我们一样有着自己的尊严。

博客：散步的时间
博主：cona
网址：http://sanpo.x0.com

# 横看成岭侧成峰——角度的运用

相机：Lomo LC-A+ 快门速度：自动 光圈：自动 ISO：400 胶卷：FUJI COLOR PRO 400H
使用 Lomo LC-A+ 进行拍摄时，习惯目测与被摄主体间的距离是拍摄要点。

外出归来，狗狗无聊地躺在草地上酣睡，草地青翠欲滴，格外美丽，我把相机摆在草地上，希望能将尽可能多的青草收入镜头。

多云的天气使得光线分外柔和，前景模糊的效果及狗狗蓬松的毛毛都营造出慵懒的气氛。

不用取景框构图

多云且光线柔和的草地

相机摆在地上

距离约80厘米

# 鱼眼镜头的舞台

和一家商店的狗狗一边玩耍，一边拍摄，并不通过取景框构图，狗狗相当好动，对相机非常好奇，不得不让相机与其保持一定距离。由于是多云的天气，通过相机设定使画面略微曝光过度，店员看见我这样拍摄狗狗，也吃惊地问道："这样能拍下来吗？"

相机：Diana+ 镜头：Diana Lens+ Fisheyes 快门速度：1/60秒
ISO：400 胶卷：Kodak PROFESSIONAL PROTRA 400VC

## 我使用的相机与镜头！

### Diana+&Diana Lens+ Fisheyes

使用要点

1. 务必适应不依靠取景框进行构图。

2. 务必注意背景的细枝末节。

3. 忘掉可能会拍坏的担心，快乐拍摄。

Diana Lens+ Fisheyes
能够让我们尽情地靠近被摄主体拍摄，即使不使用取景框构图也能轻松拍摄，影像可能呈现的有趣效果也是它的特色之一。

相机：Diana+ 镜头：Diana Lens+ Fisheyes 快门速度：1/60秒
ISO：400 胶卷：Kodak PROFESSIONAL PROTRA 400VC

# 胶卷的取舍之道

A

相机：Lomo LC-A+ 快门速度：自动 光圈：自动 ISO：100 胶卷：REDSCALE NEGATIVE

　　胶卷包括正片与负片两大类，照片 A 的主角是散步时偶然邂逅的猫咪，构图时重点考虑了光影的对比以及焦点的定位。猫咪的警戒心颇强，我一边发出声音引诱，一边缓慢靠近，得以成功地完成拍摄。我使用的是整体色调偏红的胶卷，借由色调的统一来削弱背景的凌乱感。

## 我使用的胶卷

REDSCALE NEGATIVE

该款胶卷由 Lomograph 公司生产，拍出的影像整体色调偏红，如同加装橘色滤镜拍摄获得的效果。

Ferrania Solaris 400

该款胶卷由意大利的 Ferrnia 公司推出，特点是拍摄的影像呈现出沉稳、怀旧的情调，尤其适用于玩具相机。

B

相机：Lomo LC-A+ 快门速度：自动 光圈：自动 ISO：400 胶卷：Ferrania Solaris 400

使用特色胶卷营造出浓浓的怀旧氛围。

# 留住生动一刻 📷

相机：Fisheye2 快门速度：1/100秒 光圈：F8 ISO：400 胶卷：KONICA MINOLTA CENTURIA SUPER 400

有一次和狗狗一起出外旅行，早上散步时就想拍下它撒欢的神态，没有使用取景框构图，当时使用的是 Fisheye2 这款玩具相机，虽然与狗狗能亲密接触到差不多 10 厘米，但可不要太亲近啊，小心它舔到你的镜头。

## 拍摄要点

1. 配合宠物的行动同步移动。

2. 不使用取景框近距离拍摄。

3. 不时发出声音吸引宠物看着镜头。

**Profile**

博主：cona

博客：散步的时间

网址：http://sanpo.x0.com

摄影资历：3 年

博客更新频率：每周 1 次

职业：家庭主妇

装备相机：Lomo LC-A+ / Fisheye2/Diana+/ Lomo SMENA8N / SuperSampler / 刺猬相机 /ASAHI PENTAX auto 110/FinePix F30

自从养狗之后，我才开始饶有趣味地拍摄起来。由于想拍摄狗狗大头照风格的照片，所以购买了 Fisheye2 相机，从此和玩具相机难分难舍。开始博客写作后，我有机会参加小型的摄影展，以及和网友们一起聚会。能与喜欢玩具相机的人们交流，别提有多高兴呢。

博客：karabi 风和日丽
博主：kabima
网址：http://karabiyori.blog119.fc2.com/

# 时尚风格写真

这张照片是狗狗趴在窗边，我借助自然光线拍摄的。

相机：Canon EOS Kiss Digital X 镜头：60mm F2.8 Macro 快门速度：1/25秒 光圈：F2.8 ISO：800

## 拍出时尚写真的要点

1. 平时就准备好眼睛、服装等百搭道具。
2. 留心宠物的情绪反应，在短时间内完成拍摄。
3. 声音与零食双管齐下协助拍摄。

　　眼镜、帽子可是宠物拍摄中必不可少的道具。拍摄时临近情人节，我应景地给它戴上了心型眼镜，由于在室内，光线略显不足，借助窗边柔和的自然光完成拍摄。开始我只计划拍它的背影，可它回眸的表情实在太惹人疼呢，我忍不住又拍了几张。

相机：Canon EOS Kiss Digital X
镜头：60mm F2.8 Macro
快门速度：1/13秒 光圈：F2.8 ISO：800

# 背景变换营造迥异氛围

A

相机：Canon EOS Kiss Digital X 镜头：60mm F2.8 Macro
快门速度：1/13秒 光圈：F2.8 ISO：800

B

相机：Canon EOS Kiss Digital X
镜头：60mm F2.8 Macro
快门速度：1/50秒 光圈：F2.8 ISO：400

　　在我家，不管是贺年卡、夏季的问候卡，还是宠物的生日卡，都统统由配搭不同背景的宠物照片包办。在照片 A 中，背景本是为拍摄红叶而特地准备的红色厚纸，不经意地拍下了蹲坐在纸上的猫咪，尽管是偶然抓拍的影像，我却颇为喜欢。照片 B 是我为夏季问候特意制作的。

# 掌握宠物的习性 ☀ ⏱

A

相机：Canon EOS Kiss Digital X 镜头：60mm F2.8 Macro
快门速度：1/8秒 光圈：F2.8 ISO：1600

B

相机：Canon EOS Kiss Digital X
镜头：60mm F2.8 Macro
快门速度：1/1250秒 光圈：F2.8 ISO：400

　　如果发现猫咪正在做一些好玩的动作时，千万不要出声惊动它，小心在它旁边边观察边拍摄。照片 A 是我听见走廊上有些奇怪的动静，走过去才发现猫咪正在纸袋里玩得不亦乐乎，脸上还流露出一幅做坏事被抓住的表情，我赶忙拍下这一切。拍摄时，光线较暗，我特意将 ISO 值调高。为了防止手抖，我不得不将手肘支在地上拍摄。

# 花田里的狗狗 ☀ ▦ 🗔

相机：Canon EOS Kiss Digital X 镜头：60mm F2.8 Macro
快门速度：1/400秒 光圈：F2.8 ISO：200

我经常让狗狗在花田里搭配着花瓣出镜，这张照片背景是满地前一晚被雨水打落的樱花花瓣，这可是樱花时节的经典场景。绿草与花瓣的搭配形成鲜明对比，两只狗狗脸上的表情也分外生动，整幅画面尤其讨人喜欢。

在拍摄者身后以叫声吸引狗狗注意

蹲姿拍摄

距离约1.5米

乌云而光线柔和的天气

## Profile

博主：kabima

博客：karabi 风和日丽

网址：http://karabiyori.blog119.fc2.com/

摄影资历：4 年

博客更新频率：2～3天更新1次

职业：兼职

装备 相机：Canon EOS Kiss Digital X/Lomo LC-A+RL/ Olympus PEN EE-3/Canon Demi EE-17

开始写作博客的初衷只是想让更多的人了解到狗狗的可爱。但后来题材却不止于此，花、料理、风景也成为我镜头下的主角。目前"长草"的镜头是 Carl Zeiss Distagon T*2.8/21ZE，广角与长焦表现都比较卓越，真想好好体验一下它的这个特色。

# 宠物的时尚造型术

您想不想让狗狗在生活中实现华丽变身，拍出只有摄影棚才有的范儿？下面将介绍居家就能完成的宠物时尚造型。

☺ **Tomoka**
在一家专门的"宠物摄影造型讲座"担任讲师。
（主办单位：Plante module 网址：http：//www.
Plante-module.com/）
**博客名称**：Lovely Days
**网址**：http://mienalove.blog98.fc2.com/

大家平时应该也会亲手给宠物拍照，但要是想记录有特殊意义的时刻，恐怕还是有不少人会让专业的摄影师代劳吧。其实，不需要特别的设备，用点心就能在家里帮宠物拍出时尚风格的照片。由于主人才是最为了解宠物的人，相比于摄影师，更能抓拍宠物的个性和神情。另外，主人与宠物的互动应该会更为愉快，它肯定会相当乐意配合，绝对是一名合格的模特儿。

## 所需的道具

背景如果能摆上一盆花，能表现季节感并使影像色彩更为丰富。另外，道具除了能吸引宠物的注意力，还能让背景色彩更为鲜艳夺目。

## 布置背景

选择有柔和自然光线透射的场所作为拍摄背景。收拾好多余的东西，让背景显得更为清爽。若有不便收拾的物品，不妨拍摄时设定大光圈，以浅景深规避。

事先就计划好取景的角度，一边用取景框构图，一边调整摆件的合适位置。

在宠物将要登场的位置铺上一块白布，可以起到反光板的效果。

色彩鲜艳的宠物玩具可以作为背景的点缀，场景的布置务求做到明亮爽朗。

## 宠物也要做好准备

替宠物刷毛、擦掉眼垢、调整宠物的姿势都是必不可少的准备工作。拍摄前不妨陪它玩一会儿，拍摄时它的兴致会更为高昂。

## 抓住每一个可爱表情

用竿子吊着玩具更能吸引宠物的注意。如果请一个帮手拿着玩具，拍摄进程应该会顺利很多。

拍摄现场

用竿子吊着玩具调动宠物的视线

### 独自一个人的拍摄

拿着玩具尽量接近相机，只要确保宠物盯着玩具，它的视线就应该向着相机。这种情况下，肯定只能单手拿着相机，不妨把肘关节支在家具上，保持身体的平衡。

使用色彩鲜艳的玩具来搭配背景，更能衬托宠物的毛色。有时候一边抚摸一边对它说话，可以让它更为放松。

拍摄时与宠物互动

小贴士

在圣诞节或万圣节等节日时，可以为宠物准备应景的服饰与道具。如果背景色彩过于丰富，可用大光圈营造出浅景深的效果，我们还可以借用一个与宠物差不多大小的物件，帮助调整宠物的拍摄位置，找出最佳拍摄角度。

# 美味点心与可爱小
# 玩意的完美表现

如宝石般诱人的点心，让人爱不释手
的小玩意，本堂课将介绍让它们更美
味、更可爱的拍摄技巧，借用光线以
及摆设的组合实现精巧创意。

专业摄影师的私家心得

📷 十龟雅仁 Masahito Jugame

1974 年出生，自担任摄影助理一职即开始独立承接项目。现从事杂志、书籍、广告等领域的拍摄。同时也担当摄影文案的写作，与广濑裕子合作的摄影图文集已超过数十部。

能借助温暖的光线，拍出让人心灵宁静的照片。十龟雅仁正是具有这样的魔力。下面他将分享拍摄点心与小玩意的诀窍。请仔细领悟下面的 5 个要点，表现出它们的独特魅力吧！

拍摄点心与小玩意这类题材的照片，可以将其自身的特色与魅力展现无遗。如果一心想着表现被摄主体的特色，通过影像将它们的美好传递给观赏者，自己肯定也能乐在其中。

拍摄时，不妨把自己当时的心情也带人作品中。叮以依据当时的心境以及现场的感觉选用拍摄的相机与胶卷。如果使用的是数码相机，可以借由后期处理取代胶卷的选择程序。

另外，相机若允许调整景深，作品的表现空间将更为宽广。光线的运用也需注意，可借用描图纸使光线更为柔和，或是反光板进行适当补光，都能有助于拍出具有个人特色的照片。

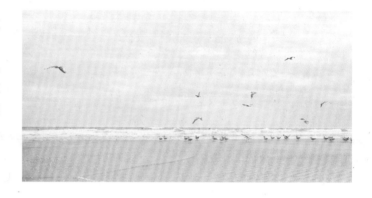

## Point 1　尝试不同的拍摄角度

色彩艳丽的水果以及甜点会因为拍摄角度的不同而呈现出迥异的感觉。如果是以近于坐下时的水平角度来拍摄，被摄主体更多地会给人带来诱人美食的感觉（左图）。如果以更高的视角拍摄，就可获得如同日常生活中的静物照一般的感觉（右图）。通过尝试不同的可能，可从中发现自己最中意的拍摄角度。

快门速度：1/90秒 光圈：F4 ISO：400

快门速度：1/90秒 光圈：F4 ISO：400

## Point 2　营造故事感

快门速度: 1/90秒 光圈: F4 ISO: 400

　　摆设可不单纯是把东西放置到合适的地方那样简单，若能通过摆设使影像传递出故事感，相信作品更能够打动观赏者。因此，拍摄者应借由不同物件来表达不同的感觉，帮助实现脑海中想要创建的场景。

## Point 3

### 色调与明暗的巧妙搭配

　　拍摄者可以轻松地借由色调与明暗的搭配来表现自己想要传递的信息。这些可以通过胶卷的选择、曝光补偿与白平衡的调整以及后期处理来实现。不必强求拍出来的色调一定要还原事物的真实色调，只需根据自己想要传递的信息来决定色调与明暗的搭配即可。

快门速度: 1/125秒 光圈: F4 ISO: 400

## Point 4

### 留一点想象空间更好

快门速度: 1/60秒 光圈: F4 ISO: 400

　　仔细考虑拍摄角度与道具摆设，在画面中特意只呈现元素的局部，这样就能为观赏者留出对未出镜部分的想象空间，观赏时也能更有乐趣。以此图为例，盒子外面露出一截缎带，让人不由猜想盒子里究竟装的是什么，盒子的主人又有着怎样的故事。

## Point 5　规划好焦点与景深

　　除了聚焦在想要清晰呈现的部分，通过设定景深来决定散景的范围，也能影响到画面给观赏者的感觉。光圈大小自然是影响散景的关键，但相机自身的焦距也不可忽视。另外，被摄主体与拍摄者之间的距离、拍摄的角度也会影响景深，不妨多加尝试，从而规划好焦点与景深。

快门速度: 1/60秒 光圈: F4 ISO: 400

博客：donchan's cafe

博主：当山

网址：http://donchans.exblog.jp/

# 馋涎欲滴的点心

相机：Canon EOS Kiss Digital X 镜头：90mm F2.8 Macro 快门速度：1/50秒 光圈：F3.5 ISO：200

　　又到了柚子上市的时节，我会用柚子制作各种各样的甜点，顺手拍下了照片 A。画面中，粉红色、黄色、蓝色的比例都经过了精心调整，焦点自然是对准让人馋涎欲滴的奶油了。在照片 B 中，为了表现点心内部的奶油，特意将它挑开后拍摄。

相机：Canon EOS Kiss Digital X
镜头：60mm F2.8 Macro
快门速度：1/30秒 光圈：F3.5 ISO：400

### 拍摄要点

1. 尽量在点心刚完成后不久拍摄。

2. 把最容易勾起观赏者食欲的剖面图拍摄出来。

3. 桌布、餐垫、器皿等细节也不要忽略。

# 圣诞的欢乐小玩意

相机：Canon EOS Kiss Digital X 镜头：90mm F2.8 Macro
快门速度：1/80秒 光圈：F2.8 ISO：200

相机：Canon EOS Kiss Digital X
镜头：60mm F2.8 Macro
快门速度：1/125秒 光圈：F2.8 ISO：200

圣诞节时，我用小玩意设计了一幅"圣诞老人和麋鹿来我家"的场景，并拍摄下来放在博客上，小小圣诞老人和麋鹿当然是画面的主角，背景的圣诞节蛋糕只有退居次席，以散景出镜了。这个系列的照片可是相当有人气！

# 鲜花惹人怜

相机：Canon EOS Kiss Digital X　镜头：90mm F2.8 Macro
快门速度：1/30秒　光圈：F2.8　ISO：200

相机：Canon EOS Kiss Digital X
镜头：60mm F2.8 Macro

为了表现花朵素淡、浓郁的春天气息，
使画面略微曝光过度。

---

拍摄要点

1. 借用自然光，以表现明
朗的感觉。

2. 仔细打量花朵，找出其
最佳的拍摄角度。

3. 巧用背景，为画面增添
故事感。

---

　　老公每次送我花，我都会拍下来作纪念。为了尽可能
地借用自然光线，我使用了反光板补光，还让画面略微曝
光过度，以表现花朵素淡的感觉。另外，我还会在背景搭
配老公生日时我送给他的手作摄影图文集，为画面增添了
故事感。

# 巧用色彩的配搭 ☀ 🎞 🍺 ☄ 📷

朋友来访时我特意制作了可尔必思水蜜桃果冻。水蓝色与桃色尽管是差别比较大的颜色，但两者都是比较素淡的色彩，搭配在一起反而营造出一种柔和的效果。为了表现夏日那种清爽的感觉，我有意让水蓝色的桌布在画面中占了较大比重。

## 推荐配色

1. 粉红色 × 水蓝色（两者互为补色）
2. 黄色系 × 棕色系
3. 蓝绿色 × 芥末黄

相机：Canon EOS Kiss Digital X
镜头：90mm F2.8 Macro
快门速度：1/50秒 光圈：F2.8 ISO：400

## "Profile"

博主：当山

博客名称：donchan's cafe

网址：http://donchans.exblog.jp/

摄影资历：2 年

博客更新频率：2~3 天更新 1 次

职业：家庭主妇

装备相机：Canon EOS Digital X/CONTAX Aria/Olympus PEN FT/FUJIFILM NATURA CLASSICA/PLUMIX DMC-FX9

刚开始是由于我喜欢制作甜点，经不起身边朋友的撺掇，我开设了一个介绍原创甜点食谱为主的照片博客。在拍摄的过程中，每一幅影像都会让我想起制作甜点时的体验感动，也许这正是摄影的魅力所在。今后我将不限于拍摄甜点，风景、人像也是我想要涉足的领域。

博客：**Photos-home**

博主：michi

网址：http://photos-home.Com/

# 用小玩意丰富色彩层次

我尤其中意姹紫嫣红的色彩，拍摄时一定会在甜点下铺上各色布料。我的最爱是在美国用来保存土豆，被称为"feedsack"的布袋上裁下来的布料。我会一次性购买大量布料，为我的拍摄过程增色不少。

相机：Nikon-U 镜头：50mm F1.4
快门速度：自动 光圈：F1.4 ISO：100
胶卷：KONICA MINOLTA 商用胶卷

用最大光圈拍摄，鲜艳的色彩衬托得小点心更诱人。

相机：Nikon-U 镜头：50mm F1.4
快门速度：自动 光圈：F1.4 ISO：100
胶卷：KONICA MINOLTA 商用胶卷

## 色彩搭配要点

1. 首先考虑与小点心的搭配以确定主色。

2. 确定主色后，再选用该色系的布料与道具。

3. 也可选择小点心的补色为主色。

# 中幅相机的过人之处

几年前我犹豫再三才买下了"Mamiya 645 PRO TL"这款中幅相机。刚买的时候也就拍拍风景照，后来无意用它拍下了甜点的照片，深深地被它的表现能力所折服。这款相机能表现我心底想表现的感觉，我相当庆幸能拥有它。

我推荐 Mamiya 645 PRO TL 的理由！

影像锐利、散景迷人是这款相机的过人之处。它能使用135、120胶卷以及宝丽来专用相纸，还可与其他厂商生产的附件兼容使用。这正是我推荐它的原因。

中幅相机由于片幅较大，使得散景分外迷人。
相机：Mamiya 645 PRO TL 镜头：55mm F2.8
快门速度：自动 光圈：F2.8 ISO：400
胶卷：KONICA MINOLTA 商用胶卷

相机：Mamiya 645 PRO TL 镜头：55mm F2.8
快门速度：自动 光圈：F2.8 ISO：400
胶卷：KONICA MINOLTA 商用胶卷

# 画面更安稳的正方形构图

相机：Nikon F-70(已改装为正方形画幅) 镜头：55mm F2.8 快门速度：自动 光圈：F2.8 ISO：800
胶卷：KONICA MINOLTA 商用胶卷

相机：Nikon F-70(已改装为正方形画幅)
镜头：55mm F2.8
快门速度：自动 光圈：F2.8 ISO：800
胶卷：KONICA MINOLTA 商用胶卷

　　相比于长方形构图，正方形构图中的被摄主体的位置比较难于安排。处理好这个问题，拍摄出来的影像会更加可爱。我非常喜欢这种构图方式，因此特意将一部135规格的相机改装成可以拍摄正方形画幅的相机。另外，也可使用能够拍摄6×6规格的双反中幅相机。

### 正方形构图的拍摄要点

1. 左右对称的被摄主体可放在画面正中央。

2. 可适当让被摄主体的局部被边框裁掉，画面的不均衡感也别有趣味。

# 心水的餐具陈设

我家的餐具有九成以上都是我喜欢的 "STUDIOM" 品牌。从简约到可爱风格的尽在其中。无论拍摄何种风格的照片，我都能找到相应的餐具配搭。专注于收集单一品牌的餐具，拍摄时的搭配工作会省力不少。

## 餐具的陈设要点

1. 平时就可着意收集自己喜欢品牌的餐具。
2. 挑选好与小点心配搭的餐具。
3. 开始陈设前可先描好草图。

相机：Nikon U
镜头：55mm F1.4
快门速度：自动 光圈：F1.4 ISO：100
胶卷：KONICA MINOLTA 商用胶卷

**Profile**

| | |
|---|---|
| 博主： | michi |
| 博客： | Photos-home |
| 网址： | http://photos-home.Com/ |
| 摄影资历： | 4 年 |
| 博客更新频率： | 每天更新 |
| 职业： | 网页设计 |

装备相机：Nikon-U/Polaroid SX-70/HOLGA 120G/Mamiya 645 PROTL/ CONTAX Aria/Nikon F70/Olympus PEN FT/Yashica Mat 124G/Nikon D80

能把瞬间化为永恒，这正是我喜欢摄影的原因。当我看着这些被记录下来，无法重来的时刻，甚至能回想起当时空气中的味道与心情。对于摄影，我并没有什么一定要坚守的信念，只是用自己喜欢的相机，用个人的方式，记录我想要记录的东西。这就是我的"摄影生活"。

博客：**Pola Cafe**

博主：mccol

网址：http://blog.livedoor.jp/mccol/

# 花心思装饰作品

照片中用到的小道具

1. 装饰用的水果

2. 丝带

3. 蕾丝带

4. 碎花图案的罐子

5. 三脚架加近摄透镜

相机：Polaroid SX-70 SONAR
AUTOFOCUS 600 film 改装版

快门速度：自动

光圈：自动

胶卷：Polaroid 600 film

宝丽来相纸独特的柔和色调，以及正方形的构图，使影像分外可爱。

　　上图是我为鼠年做的贺卡照片。被摄主题是一块缠绕着丝带打扮成礼物模样的奶酪。调整碎花图案的罐子、蕾丝带、装饰用水果的位置，打造出欧式风情。我想要作品最后呈现柔和甜美的感觉，特别留意色调的处理，还使用了三脚架辅助拍摄，以防止由于手抖而导致的照片模糊。

# 有故事要说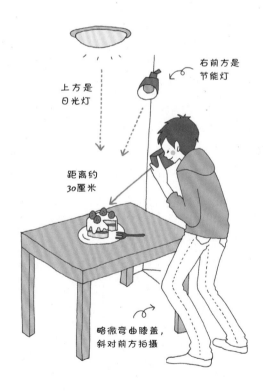

一个人"消灭"直径 15 厘米的蛋糕

三张照片为同一拍摄条件

相机：Polaroid SX-70 SONAR AUTOFOCUS 600 film 改装版

快门速度：自动

光圈：自动

胶卷：Polaroid 600 film

我想要用宝丽来相机拍出蛋糕上奶油流动的感觉，在准备好灯光之后，我才开始制作蛋糕，为了让吃掉的蛋糕有玩具一般的效果，我使用了节能灯，影像因此笼上了一层绿色调。

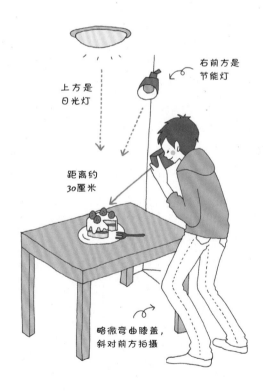

上方是日光灯

右前方是节能灯

距离约30厘米

略微弯曲膝盖，斜对前方拍摄

# 细心布置拍摄场景

拍摄当天天气晴朗，但风大，云多，光线会随时发生变化，曝光设定的调整就花了不少时间。

相机：Polaroid SX-70 SONAR AUTOFOCUS 600 film 改装版
快门速度：自动　光圈：自动　胶卷：Polaroid 600 film

　　上图是我为制作牛年贺卡而拍摄的照片，在一幢大楼的天台上有一片草地，我想要呈现草地上有栅栏的景象，特意准备了迷你的牛玩偶以及厚纸板做的栅栏，我趴在草地上用宝丽来相机拍摄。我还在栅栏的另一侧应景地摆上了人工的小黄花，可以将其拍得模糊一些，让观者难以在图上看出来。

### 人工场景的拍摄要点

1. 空间留白以及色彩的配搭都应在构图时考虑到。

2. 背景与小道具的摆设要注意。

3. 在室内等光线阴暗的地方拍摄，可使用三脚架以保持影像清晰。

# 摆放顺序与拍摄角度的变换技巧

蕾丝材质的杯垫如同花儿绽放，看起来就像一幅画，可以选择从正上方拍摄。如果只有杯垫，画面会过于平面化，特意在上面放上一把怀旧风味的钥匙。为了表现出蕾丝杯垫的阴影部分，因此使用了斜射光照射。

相机：Polaroid SX-70 SONAR AUTOFOCUS 600 film 改装版
快门速度：自动 光圈：自动
胶卷：Polaroid 600 film

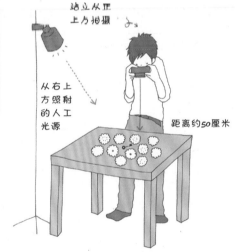

站立从正上方拍摄

从右上方照射的人工光源

距离约50厘米

*"Profile"*

博主：mccol

博客：Pola Cafe

网址：http://blog.livedoor.jp/mccol/

摄影资历：3 年

博客更新频率：每月几次

职业：咖啡店老板

装备相机：Canon FTb/OLYMPUS PEN FT/Canon PowerShot G7/

Yashica flex s/Polaroid SX-70 SONAR AUTOFOCUS

# 巧摆设拍出可爱风格的照片

喜好走可爱路线的典田有子，将告诉我们如何通过摆设让拍出的照片更可爱。下面将分别介绍"简单"、"可爱"、"自然"三种不同风格。

*LESSON1*

## 以单色为基调的简单风格

😊 **典田有子**

师从于食物与食皿专家YASUE KUNIEDA，后独立营业。现在以料理制作、杂货造型师的身份，活跃在杂志和书籍出版界。著有《美少女风格丛书》。

在泛黄的乐谱上，散放上老旧的裁缝用品以及小巧的纽扣，整体的风格非常协调。

简单风格摆放的道具千万不要多，可爱的小玩意，摆放时总是让人一发不可收拾，想要控制画面中的道具数量可不是件容易的事。但太过简单，也会让人觉得冷清。如何取舍是布局成功的关键。只要明白了问题的关键，我们就可以随心所欲地摆出不同花样。比如，以用过的布头、木板等陈旧的物件作为背景，即使数量不多，也让人觉得相当有感觉。不妨多加尝试背景与道具的搭配，找出自己驾轻就熟的风格。

### 简单风格的要点

1. 色彩不要过多。
2. 精挑细选有要出镜的道具。
3. 摆放时不要做加法，要做减法。

扑克牌之类的道具往往能给人鲜明印象，从其上方拍摄时，被摄主体只要一个就好。汤匙摆放一支或数支出镜均可，若加上盘子画面会显得更加可爱。

在日式纸张上盖上自己喜欢的印章，或者用贴纸或旧邮票代替，效果都相当好。直接把英式松糕或瑞士卷放在纸上，效果也不错。

## 可爱雍容风格的摆设方法

　　如果能善加利用摆设的技巧，就可以打造出可爱雍容的风格，让甜点不至于给人甜得发腻的感觉。提到可爱雍容，可不止于欧式风格，只要自己觉得有感觉，任何搭配都可以进行尝试。比如，如果想使用花布出镜，只需考虑图案的大小即可，相应地选择与其搭配的道具，大图案搭配大的道具，小图案搭配小的玩意，画面会更加均衡。如果花布在画面中所占比重较大，请尽量选择小的图案。

可爱风格的
拍摄要点

1. 女性风格的摆件只要
1 个就好。

2. 小花图案和蕾丝运用
较广泛。

3. 不要局限于欧式风格。

旧的和服布料作为背景，日式的图案肯定是与日式的杂货及和果子搭配最为协调。和服布料的一大特色就是其能表现出季节感的图案。

蝴蝶摆件较女性化，格子、线条、小圆点图案的桌布给人的感觉都较清爽，可用来搭配各色道具。

玻璃杯和柠檬汁的组合让人倍感休闲，鲜艳的花布与其搭配甚佳。有意让花布占据大幅画面，与被摄主体保持平衡。

# 天然材质打造自然风格

　　自然风格以大地的颜色为基调，让人产生在大自然生活的感觉。木制的食用器皿与木板在拍摄中经常用到。若能添加在真实生活中切实使用的道具，会更凸显存在感。能亲身到二手店或者古董杂货店淘一淘，应该可以淘到比较实用的小道具。另外，还可尝试添加鲜花和植物，也能使拍摄更加自然，更能营造需要的氛围。

拍摄自然风格的
要点

1. 留下岁月痕迹的木板不可或缺。

2. 选择最素朴的材质。

3. 摆设不要过于刻意。

洗后未加熨烫的麻布，也是拍摄自然风格照片常用的道具。还可搭配素朴风格铝质布丁模具，画面更有故事感。

白色玫瑰与暗色系的旧书的配搭，旧书蛮适合营造自然风格的，打开的旧书别有一番味道，不妨预备上一本。

选用捷克的传统花布，尽管是印花图案，但只要布料的材质简单自然，不会给人太过喧闹的感觉。随手撕开面包，会呈现最自然的质感。

# 我最在乎的你们

为什么总是捕捉不了孩子们与亲友的
温暖笑容？专业摄影师与热门博客博
主将在本堂课讲授家庭摄影的诀窍。

## 专业摄影师的私家心得

📷 **寺泽太郎** Taro Terasawa

出生于 1967 年，毕业于东京摄影专科学校，先后在林雅之、山崎邦明的工作室工作，目前经营独立工作室。他的作品能充分展现主角的个性，散见于各类杂志。

寺泽太郎擅长于展现各阶层人物，无论是知名人物，还是草根民众，在他的镜头下，主角的表情相当自然，仿佛并没有镜头在他们面前一样。下面，他将告诉我们如何拍好人像。

人像摄影有着独特的魅力，相对于风景或者静物照片，它能表现人与人之间的关系所形成的一种张力。为了用影像表现这种张力，需要思考主角的个人特质，在拍摄之前需要仔细研究，从说话习惯、动作特点，甚至是坐椅子的姿势等，若能做好这些准备工作，一定能找出最适合对方的拍摄方式。

另外，如是初次见面，必须开门见山询问对方的拍摄意愿，摄影师传递给被摄者的态度，将是决定拍摄成败的关键，请务必注意。

我在拍摄时，尤其注意拍摄氛围，不仅要精心选择摄影器材，而且我有时还会有意摆上老式的椅子，或是在床上铺上厚实的床单，让被摄者尽量以放松的心情入镜。

**Point 1** 让主角从背景中凸显出来

在巴黎街拍时，我撞见一个摄影同好，一番交谈后，我拍下了这张照片。背景的细节相当丰富，所以用大光圈设定以获得浅景深，让主角从复杂的背景中凸显出来，画面也更具立体感。

快门速度：1/60秒 光圈：F4 ISO：160

## Point 2

### 寻找合适的光线条件

在室内拍摄时，从室外投射进来的自然光线能营造一种柔和的氛围。若房间只有一扇窗户，根据被摄者与光线的相对位置会形成顺光或者侧光的效果。因此拍摄前，可让拍摄对象尝试站在不同方位，看看哪个角度的表现效果更好。若是在户外拍摄，在拍摄对象的脸不被阳光直射，或是在树荫下拍摄时，都能将被摄者的肌肤拍得很好看。

顺光——正对被摄主体的光线（从相机后方照射过去的光线）。
侧光——从被摄主体两旁照射过来的光线。

太阳位于左上方

手持拍摄

相机与被摄对象十回一水半高度

距离约1.5米

相机垂直于地面

单腿跪立

## Point 3

### 捕捉个性表情

拍人物时，我们总是等待抓拍稍纵即逝的笑容。但是，个性的表情绝不只是笑容而已。比如拿着相机专注于取景的个人也相当吸引人。拍摄时，不要执著于想要拍摄的表情，捕捉当下看到的表情即可。

快门速度：1/125 秒 光圈：F4 ISO：160

## Point 4　情深比景深更重要

在人像摄影时，不要过于注重布景以及技术，而是要始终抱有一种呈现拍摄主角个性的美的心情。在这幅作品中，老婆婆的皱纹深深正是她的个性表现。

快门速度：1/60 光圈：F4 ISO：160

## Point 5　从优秀作品中借鉴

借鉴大师作品，可以磨砺我们对美的感知与决断力。我推荐布列松（Henri Cartier-Bresson）的摄影作品集《内在的寂静》（An Inner Silence）。该作品集对光线的运用、构图，以及从摄影者的角度观察被摄者都有很高的借鉴价值。

博客：咪咪爱
博主：七虹香
网址：http://nyanko.petit.cc/

# 我要一步一步往上爬

A

相机：PENTAX K100D 镜头：30mm F1.4
快门速度：1/45秒 光圈：F1.4 ISO：200

B

我按下快门的同时，女儿恰巧跌倒了。

相机：PENTAX K100D 镜头：30mm F1.4 快门速度：1/125秒
光圈：F1.4 ISO：200

女儿当时才1岁零7个月，还不太会爬楼梯，看着她一步一步努力向上的样子，太可爱了！我在楼梯下蹲着拍下照片A，这样的姿势，即使她踩空滑下来我也能立即接住她。照片B则是睡意连连而着急回家的女儿，按下快门而恰巧抓到的一瞬。

从楼梯上方照射下来的自然光

在楼梯下方蹲姿拍摄

距离约50厘米

66

# 能干的好帮手

A

先折袖子……

相机：Canon EOS 40D 镜头：50mm F1.8
快门速度：1/20秒 光圈：F2.5 ISO：250

B

然后把衣服叠整齐。

相机：Canon EOS 40D 镜头：50mm F1.8
快门速度：1/30秒 光圈：F2.5 ISO：250

孩子长大得真快啊，竟然就开始学习自己叠衣服呢，这么珍贵的瞬间一定要记录下来。由于使用的是定焦镜头，要拍下全部的场景，不得不站在高处向下拍。她小心翼翼、按部就班地叠着衣服，我使用连拍功能记录下来整个过程。

向下拍摄

距离约2米

从窗前照射进来的自然光

站在小凳上面

# 天真无邪的笑容 ☀ ▦ ◯

A

相机：Canon EOS 40D 镜头：18-270mm F3.5-6.3
快门速度：1/50秒 光圈：F5 ISO：400

离下一班汽车还有半个小时，我特意买了零食给女儿，外包装是一个人形玩偶，她开心地玩了起来，我使用连拍功能进行记录。当天下着雨，光线分外柔和，影像的感觉也相当不错。为了让脸部轮廓更加鲜明，我将曝光补偿设定为 +1。

> ## 拍摄孩子表情的秘诀
>
> 1. 边与孩子玩耍，说些高兴的事儿，边拍摄。
> 2. 可以选择阴天、光线柔和的日子拍摄，孩子看上去神情更自然。
> 3. 相机的高度大致与孩子视线平齐。

B

与女儿去公园散步，说起开心的事儿，女儿脸上的表情相当可爱，我立即拍摄下来。

相机：PENTAX K100D 镜头：30mm F1.4
快门速度：1/750秒 光圈：F1.4 ISO：400

# 活力四射的宝贝

保龄球馆光线不足，我特意把 ISO 值调高。
相机：Canon EOS 40D 镜头：18-270mm F3.5-6.3 快门速度：1/40秒 光圈：F5 ISO：1000

女儿第一次打保龄球，只要能把保龄球扔出去，她就心满意足地掉头回来。我先判断好她返回的路线，单腿跪在地上，仅移动上半身来追焦连拍。我是头一次在这样的场馆拍摄，事先仔细调整了曝光补偿设定。

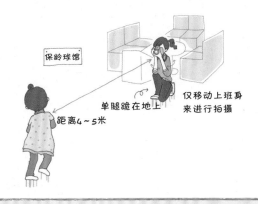

**"Profile"**

博主：七虹香

博客：咪咪爱

网址：http://nyanko.petit.cc/

摄影资历：4 年

博客更新频率：2 ~ 3 天更新一次

职业：家庭主妇

装备相机：Canon EOS 40D/PENTAX K100D

开始写博客的动机，无非是让父母了解我的动态，以及记录育儿手记。最近，也希望以后能成为"女儿长大后的宝贵回忆"。今年，女儿就要上幼儿园呢，也想入手一部轻巧好携带的相机。

博客：**life** *
博主：foo
网址：http://foo-life.Jugem.jp

# 半格相机拍摄的孩子

相机：OLYMPUS PEN F　镜头：38mm F1.8
快门速度：1/250秒　光圈：F1.8 ISO：400
胶卷：AGFA VISTA 400

　　女儿在公园拿着气球玩耍，气球与天空的颜色都特别漂亮，因此就想把天空作为背景，从下往上拍。一个36张的胶卷，用半格相机可以拍摄72张，不用考虑胶卷的数量，按起快门来更畅快自如一些。拍摄好动的孩子时我常使用半格相机。

相机：OLYMPUS PEN F　镜头：38mm F1.8
快门速度：1/250秒　光圈：F1.8 ISO：100
胶卷：Ferrania Solaris 100

**我使用的相机**

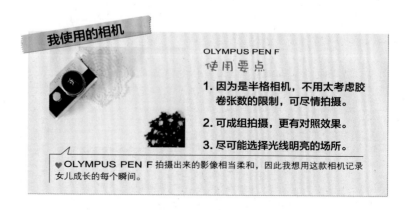

OLYMPUS PEN F

使用要点

1. 因为是半格相机，不用太考虑胶卷张数的限制，可尽情拍摄。

2. 可成组拍摄，更有对照效果。

3. 尽可能选择光线明亮的场所。

♥OLYMPUS PEN F拍摄出来的影像相当柔和，因此我想用这款相机记录女儿成长的每个瞬间。

# 生命中的定格瞬间 🎞️ 📷

A

这是我每次带女儿去休闲食品店必买的一款饼干，店内的光线很柔和，她兴奋地捧着满把饼干，我着重于拍摄她手部的特写。照片 B 是妈妈亲手做的蛋糕，对于孩子来说可是特别的惊喜！像这样的幸福时刻，肯定要用相机记录下来。

相机：ASAHI PENTAX SPOTMATIC
镜头：55mm F1.8
快门速度：1/60秒 光圈：F1.8 ISO：800
胶卷：Kodak PROFESSIONAL PORTRA 800

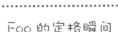
Foo 的定格瞬间

1. 孩子畅笑开怀之时。
2. 生活中遭遇小小惊喜的时刻。
3. 家庭成员开心欢笑的时刻。

B

相机：OLYMPUS PEN F 镜头：38mm F1.8 快门速度：1/250秒
光圈：F1.8 ISO：400
胶卷：AGFA VISTA 400

# 黑白照片表现亲子情深

相机：Zenza Bronica S2 镜头：75mm F2.8
ISO：400 胶卷：Kodak PROFESSIONAL T-MAX 400

　　温暖的冬日，一家子在期待已久的海边嬉戏，想拍下孩子与爸爸互动玩耍的样子，我一个人爬上旁边的沙丘，逆着光拍摄两人的剪影。黑白影像往往给人柔软和煦的质感，仿佛能从中感受到温度，我特别钟爱黑白影像。

由于 NATURE CLASSICA 拍摄时噪声很小，又能单手操作，故可在不吵醒小睡中的女儿的情况下拍摄。

相机：NATURE CLASSICA 镜头：28-56mm F2.8-5.4 快门速度：自动
光圈：自动 ISO：400 胶卷：FUJIFILM NEOPAN 400 PRESTO

## 我使用的胶卷

使用的胶卷不同，影像传递出来的感觉也有差别，大家不妨多尝试几种胶卷。

虽然胶卷 C 并没有样片，但它拍出的影像很柔和，是我最爱的一款胶卷。

A:Kodak PROFESSIONAL T-MAX 400

B:FUJIFILM NEOPAN 400 PRESTO

C:ILFORD XP2 SUPER 400

# 表现小女孩的俏皮可爱

相机：ASAHI PENTAX SPOTMATIC 镜头：55mm F1.8 光圈：F1.8 ISO：400

女儿的头发终于长长到可以扎马尾了，在阳光的照射下，头发也闪烁着光芒。我想拍下她的俏皮可爱，还有阳光照射的感觉，特意下了几级台阶，坐在地上仰角拍摄，女儿发现肯定会缠着跟过来，这一切只好偷偷地进行。

## 小女孩的俏皮之处

1. 柔软的头发随风飘舞。

2. 稍纵即逝的温顺表情。

3. 正儿八经地穿着小靴子和小裙子。

"Profile"

博主：foo

博客：life*

网址：http：//foo-life.Jugem.jp

摄影资历：10 年

博客更新频率：2~3 天更新一次

职业：家庭主妇

装备相机：ASAHI PENTAX SPOTMATIC/PENTAX K200D/Zenza Bronica S2//NATURA CLASSICA/OLYMPUS PENF/PENTAX MZ50

有一次我不经意地拍到了一朵仿似天使翅膀的白云，于是就开始了我的摄影生涯。开始时，我的镜头多对准变化多端的天空，生下女儿后，小可爱更多地成为镜头下的主角。以后，我还会和她一起游历不同的地方、观赏不一样的风景、体验别样的感觉，并用影像记录这一切。

博客：**Every day**
博主：himarin
网址：http://everyday623.jugem.jp/

# 表现静谧气氛

枫叶正红，秋高气爽的日子，散步途中无意中拍到了这幅照片。两个孩子并排而坐，太可爱了，我忍不住要按下快门，光线很好，但为表现宁静、安详的氛围，我还是将相机设定为大光圈。我从一旁拍摄，两个孩子显得愈发亲密无间。

姐姐照顾哭闹个不停的弟弟，这幅情景太可爱了，我忍不住按下快门。

相机：Hasselblad 500C/M 镜头：80mm F2.8
快门速度：1/500秒 光圈：F2.8 ISO：400
胶卷：Kodak PROFESSIONAL PORTRA 400VC

## 我使用的相机

**Hasselblad 500C/M**

使用要点

1. 取景时务必保持水平状态，不要手忙脚乱。

2. 影像容易受到抖动的影响，要注意保持相机稳定。

3. 小心调节曝光补偿。

相机比较重，配备的又是平视取景框，所以熟悉这款相机的操作需要花费不少的工夫。但它配套的卡尔·蔡司镜头表现十分卓越。拍摄时，让人忍不住放慢拍摄的节奏，仔细感受它的优异性能。

# 季节变换的影像表现 🎞 📷

相机：Hasselblad 500C/M
镜头：80mm F2.8
快门速度：1/500秒
光圈：F2.8 ISO：400
胶卷：Kodak PROFESSIONAL
PORTRA 400VC

　　晴朗的秋日，带着女儿和侄女去公园游玩。萧索的季节，落叶树会掉落大量的叶子，孩子们捡起大片的叶子，充当面具戏耍着。枯叶和栗子都是表现秋季的常用道具。随着季节的变换，背景和色调也会有所差别，从影像中就能感受季节更替。

## 表现季节更替的小道具与秘诀

- 春 借助自然光拍摄艳丽花朵，营造春光明媚的感觉。
- 夏 主角可身着夏日特色的服饰，比如凉鞋、遮阳帽等。
- 秋 选择褐色或者灰色等沉稳色调的服饰或背景。
- 冬 针织的织物与温暖的饮品可以作为道具。

女儿第一次来到海边，让大片海面入镜也能表现季节变换的感觉。

相机：CONTAX Aria
镜头：50mm F1.4
光圈：F5.6
ISO：400
胶卷：FUJICOLOR PRO 400H

# 不同胶卷的别样风情

相机：OLYMPUS PEN FV 快门速度：1/250秒
光圈：F1.8 ISO：100 胶卷：Solaris 100

相机：CONTAX Aria 镜头：50mm F1.4 光圈：F1.4 ISO：160
胶卷：FUJICOLOR PRO 160C

　　相机中的胶卷拍出的影像偏于蓝色调，拍摄桌上的粉红色餐盘会有怎样的效果呢？我很好奇，忍不住拍了下来。室内的光线略显暗淡，为了让松饼看起来更加美味，我设定为光圈全开的模式拍摄照片 A。照片 B 选用的胶卷色调偏黄，适于表现怀旧风情的影像。

## 我使用的胶卷

**FUJICOLOR PRO 160C**
这款胶卷拍出来影像色调偏蓝，感觉比较柔和，红、黄、绿色调的表现也比较出色，在冲洗时有很大的调整空间。

**Ferrania Solaris 100**
擅长表现黄色与绿色，适合拍摄怀旧风格的照片，与老款相机（OLYMPUS PEN）搭配效果更好。

# 宝贝的专注神情 🔲

相机：CONTAX Aria 镜头：50mm F1.4 光圈：F2.8 ISO：400 胶卷：Kodak ULTRA COLOR

　　女儿正聚精会神地想修好弟弟弄坏的玩具。她身旁的白墙正好可以作为背景。构图时我有意没把主角放在镜头中央，略微偏向一侧，焦点则集中在女儿的手部。她修的正起劲，也没注意我在偷拍她。

## 拍摄要点

1. 认真的神情最美丽，不要错过。

2. 不要被主角发现，小心拍摄。

3. 不要太慌乱，选定焦点对准。

"Profile"

博主：himarin

博客：*Every day

网址：http://everyday623.jugem.jp/

摄影资历：10 年

博客更新频率：2~3 天更新一次

职业：医护有关职业

装备相机：Hasselblad 500C/M /CONTAX Aria/Yashicaflex/Polaroid SX-70/OLYMPUS PEN FV/Canon EOS Kiss Digital X

　　博客能让我认识许多新的朋友，并互相激励，这就是它给我带来的乐趣。审美也从中得到了提高。在养儿育女的辛劳之余，它是能让我略微放松身心的空间。很多朋友都能从博客中看到我的作品，我不免会提醒自己，一定要呈现给大家最好的作品。

# 制作个性摄影集

自己喜爱的照片越拍越多，不单可以把它们放在相册中，我们还可以精挑细选其中的佳作，制作专属你的个性摄影集，还可以当礼物送给自己的亲友呢。

---

😊 **Saorin** | **分享讲师**

1978年生于东京都，现居住于千叶县，主要精力放在开设照片手作杂货班、摄影网站的专栏作家等，以及与摄影有关的其他活动。2008年4月曾出版《照片手作杂货》一书，现正筹划出版第二本书。

**网址：** http://www.green-freak.net/

## 材料准备

制作摄影集，只需用到简易的书籍装订技术。一般的文具店都能买到所需材料。打印照片的纸张，选用支持你打印机的相纸就可。

\* 需要能输出影像的设备。

### 材料清单

- 挑选出照片的电子文档
- 相片输出用纸
  （此处选用的是A5的相纸上图中的照片都是用打印机打印。）
- 裁纸刀
- 垫板
- 尺
- 胶水
- 双面胶
- 夹子
- 两张约1mm厚的纸
  （此处选用的是15.5厘米×11厘米的纸）
- 封面用纸
  （A4大小，种类不限）
- 两张环衬用纸
  （A5大小，种类不限）
- 装饰封面用的照片、图案，或文字印章等

## 照片的版面设计

摄影集的版面安排的秘诀就是，要有节奏的变化，横幅照片的宽度占满页面的宽度，直幅照片占满整个页面的做法不要经常出现，因为这会让读者感到压迫，且容易疲累。页面一定要有留白的空间，可以尝试插入只放文字的页面，这样的版面设计会使内容更富于变化，更具节奏感。

### Print Album  saorin推荐的照片版面编辑软件

这是一款可供免费下载的软件，操作也很方便。还能插入文字，适合用来整理孩子的成长手记以及游记写真。

下载网址：http://www.forest.impress.co.jp/lib/pic/digicame/printalbum.html

\* "Print Album"只适用于Windows操作系统。作者：K2000

除了可以利用鼠标移动照片到相应位置，还可通过从桌面左端的工具栏选定一个按钮拖动照片到正确位置。

将照片稍微移动，留出部分空间，放上相应文字，这样的编排，让内文有所变化。

## 书的结构

摄影集，也类似于书一样，各个部位都有相应的专门名称，右边的图片会标示出用到的专有名词，请牢记在心。

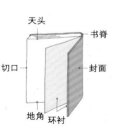

天头　书脊　切口　封面　地角　环衬

## 制作流程

照片的编排设计结束之后将它们全部打印出来，就可以开始制作摄影集呢。

打印出来的照片对折（打印的一面向内），环衬也对折。

按照环衬、照片内文、环衬的顺序叠好。

用夹子夹住叠好的纸样上边缘，如图所示揭开环衬页，用两块双面胶将照片内文对折处分别粘贴起来，书脊的中央也贴上一块双面胶。

测出步骤 3 中粘贴好的纸样厚度，将两张厚纸板摆在封面用纸的内侧，其间隔为纸样厚度再加 5mm，在间隔处贴满双面胶。

裁剪封面用纸，使其各边与厚纸板的间距都为 1cm，接着封面用纸的 4 个角都剪去一个等腰直角三角形，三角形的斜边与厚纸板的边角的距离要小于 2mm。

封面用纸的长边与短边都分别贴满双面胶，然后向内折，与厚纸板粘贴在一起。

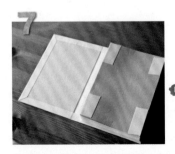

完成啦！

用 4 块双面胶贴在前后环衬的 4 个角落，环衬的边缘与封面略微短 1 ~ 2mm 处对齐，并粘贴在封面上。

另一侧的环衬也相应贴好，此处较不容易对准位置，请注意不要贴歪。
完工啦！

最后可以在封面上加些装饰，比如贴上照片，盖上可爱的印章，总之，自己喜欢就好。

## 把摄影集作为礼物的包装术

不管是与友人一起旅行的纪念册，还是将花的美丽姿态珍藏记录送给爱花的朋友，摄影集都是别出心裁的礼物！

把摄影集装入透明袋中。

把打印好的照片对折（如果超出透明袋的宽度需进行适当裁切）。

**所需材料**
- 完工的摄影集
- 订书机
- 透明包装袋（要装下 A6 大小的摄影集，透明袋要在 22 厘米 ×16 厘米左右）
- 挑选喜爱的影像打印出来（A5 大小）。

用对折的相片把透明袋口夹住，两侧用订书机固定好。

完成啦！

## 可用来参考的摄影集制作网站

最后会介绍几个专门定做个性摄影集的网站。下面介绍到的网站都能为您量身打造颇具时尚感的摄影集。可以用来整理电脑中大量的照片。

### "My book"
http://www.mybook.co.jp/k-index.html
把挑选好的照片上传，再选好自己喜欢的风格，就能制作出个性摄影集了，不仅可以自己收藏，还可以放在网上供大家浏览欣赏。

### "Photoback"
http://www.photoback.jp/home.aspx
这家网站制作的摄影集都特别可爱，有 CD 封套样式的，还有类似小开本的精巧图文书。你可以自行选择版面设计，还能放上制作者以及制作日期等类似图书信息。

### "Olio Photo"
http://www.olio-photo.jp/
拥有 7 种别具设计感的范本选择，还可以选择纸张以及装订方式，可供选择的字体也多达 32 种。经过简单的操作就能设定影像的剪辑方式并插入文字说明，功能相当完善。

# 平凡生活中的闪光一瞬

虽然只是一些日常生活中司空见惯的影像，但仍可从中发掘出有个性的闪光点。不妨借鉴下面一些范例，找出平凡生活中的发光瞬间吧！

## 专业摄影师的摄影秘诀

**赤荻武 Takeshi Akaogi**

生于 1978 年，作品多发表于杂志或书籍。著有《相机食谱》、《成为艺术家的简单方法·摄影摄像的构思》等书。

赤荻武镜头下的影像风格柔和，能让观者心灵感到平静。如何在日常生活中拍出个性的作品，赤荻先生将分享他的心得。

在一般人眼中平淡无奇的景色，如何表现岁月流逝的感觉，这正是我领略摄影魅力之处。我并非相机日日不离身，往往是有想拍照的心情（晴朗的日子或者心情闲适的日子）才会带相机出门。我一般都是使用轻巧、操作简单的相机，偶尔才会使用相对专业的单反相机、对操作有特殊要求的双反中幅相机以及玩具相机等，在摄影中我总是能自得其乐。

拿起相机时，我会不时提醒自己"不要错过任何值得记取的风景"、"再微小的部分也不要放过"。只要发现让我眼前一亮的事物，我会考虑拍摄的角度、距离，在不同的时间段拍摄是否会效果更好等问题。

## Point 1

### 把握任何拍摄时机

这是我骑自行车等红绿灯时不经意拍下的照片。为了能不放过任何拍摄机会，我特地准备了一部小巧的相机放在口袋里，随时方便拿出来拍摄。这款相机配备有 22mm 的超广角镜头，画面周边的光线有渐渐暗淡的效果，给观赏者带来无限意味。

快门速度：1/125秒
光圈：F11
ISO：400

斜线区域的周围光线较暗淡。

## Point 2

### 光线不佳的地方要选用高感光度和大光圈拍摄

就算是光线昏暗的地方，也不想错过拍摄的好机会。在光线不佳的地方可以采用高感光度和大光圈的设定，在此基础上再设定快门速度，避免发生曝光不足、手抖、被摄主体自身运动造成的模糊情况等。

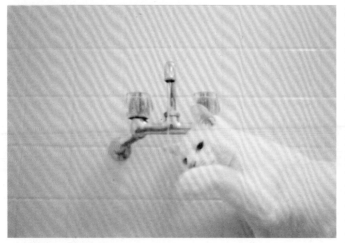

快门速度：不详 光圈：F2.8 ISO：1600

## Point 3

### 选用小巧、噪声小的相机拍摄

相机的选择也比较重要，比如拍宠物时，为了防止惊扰到它正在作出的可爱神情。最好选用小巧且快门声音不大的"镜间快门"型相机（便携式相机多属此类）拍摄。

\* 范例同 Point2

## Point 4

### 选择更适合的光线条件

这幢淡蓝色建筑物的侧墙上绘有精致的壁画，白色的天空比蓝色的天空更适合作为背景，等待太阳运行到建筑物的后面时逆光拍摄，再调整曝光补偿设定（对墙面测光），就能拍到白色的天空。

快门速度：1/250秒
光圈：F4.5
ISO：400

## Point 5

### 选择色调特殊的宝丽来相机

剪掉根茎的玫瑰，漂浮在大小相仿的瓷碗中。为了画面能给人留下更深印象，选用色彩表现柔和的宝丽来相机拍摄。宝丽来相机能让影像呈现出与众不同的效果。

博客：**May's cafe**

博主：may arai

网址：http://mayscafe.exblog.jp/

# 心动的美丽瞬间

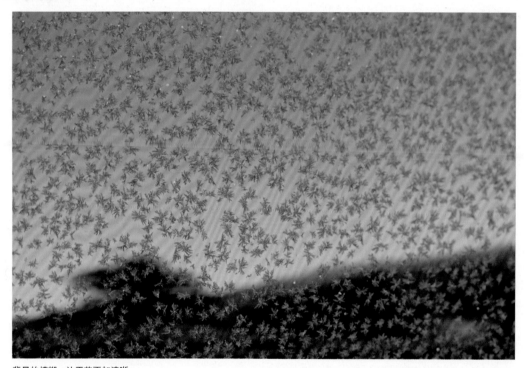

背景的模糊，让霜花更加清晰。
相机：Canon EOS Kiss Digital N 镜头：60mm F2.8 快门速度：1/125秒 光圈：F4.0 ISO：400

在无人的冬日早晨，我在太阳出来之前就出了门，看见车窗上结了一层霜。是让人心动的美景，我立马拍摄下来。此时太阳已经稍稍探出了头，霜花映着晨光，无比美丽。

我想要拍下天空共波斯菊一色的美景，选好角度，同时把云朵曼妙的形态也记录了下来，以仰角拍摄。

面对车子的远方，太阳刚刚升起

距离约50厘米

微微屈膝，把天空一起拍入镜头。

相机：Canon EOS Kiss Digital N
镜头：28mm F1.8
快门速度：1/500秒
光圈：7.1 ISO：100

# 凋零花朵的余香

清晨时分散步时看到凋零的梅花散落满地，还有些许阳光映照其上，动人心魄的美丽，我赶紧拍摄下来。我把相机置于地上，用大光圈的设定模糊周围的景物，落花的姿态便突显出来。我清晨散步或是登山远足时，每逢花朵凋零都会记录这流逝的美。

相机：Canon EOS Kiss Digital N
镜头：60mm F4
快门速度：1/200秒
光圈：F5
ISO：400

相机：Canon EOS Kiss Digital N 镜头：60mm F2.8
快门速度：1/160秒 光圈：F4.5 ISO：800

从侧面照射过来的光线

晴朗天气的公园

把相机放在地上拍摄

距离约30厘米

# 那年夏天宁静的海

与孩子视线平齐的角度，借助夕阳的余晖，拍摄沙滩的必备道具——水桶，散发出对夏日将逝的留恋。
相机：Canon EOS 40D 镜头：28mm F1.8 快门速度：1/1000秒 光圈：F9.9 ISO：320

夏季即将终了时，与朋友带着孩子来到附近的海边玩耍，被遗留在沙滩上的水桶，象征着对夏日将逝的留恋。逆着光，以孩子视线平齐的角度拍摄。构图时注意表现回忆的情怀。两幅影像中的水桶与脚印应该都能勾起对夏日的浓浓回忆。

相机：Canon EOS Kiss Digital N
镜头：60mm F2.8 快门速度：1/200秒
光圈：F2.8 ISO：800

**海边拍摄的要点**

1. 拍摄最后沙滩上遗留下来的景象。

2. 考虑被摄的主体是否适合用逆光拍摄。

3. 找出适合表现被摄主体的拍摄角度。

# 花朵的柔和风格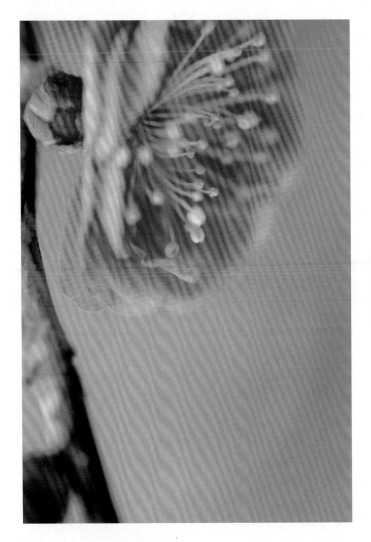

1月中旬，梅花刚刚绽放，我一大早就出门拍摄。我用大光圈设定，将焦点锁定花蕊，想表现花朵刚吐露芬芳的娇嫩感觉。朋友在养老院展示了这张照片，得到了众多好评，我还蛮高兴的。

### 拍摄要点

1. 只对焦少数部分，大部分景物则做模糊处理。

2. 选择太阳光不能直接照射的地方。

3. 不要只用冷色系，也要添加暖色系以增加温暖感。

模糊花瓣的边缘，让整体呈现柔和的氛围。

相机：Canon EOS Kiss Digital N
镜头：60mm F2.8 快门速度：1/100秒
光圈：F3.5 ISO：400

"profile"

博主：may arai

博客：may's cafe

网址：http://mayscafe.exblog.jp/

摄影资历：11 年

博客更新频率：2 ~ 3 天更新 1 次

职业：网络诗人

装备相机：Canon EOS 40D/ Canon EOS Kiss Digital N

开通照片博客之后，我尤其高兴的事能与大家分享关于摄影的点点滴滴，还能认识志同道合的朋友，很高兴能有自己的博客。因为经常在光线不佳的场所拍摄，现在想入手一台ISO表现相对较好的Canon EOS 50D。

博客：**k-ko's photostream**

博主：k-ko

网址 :http://www.flickr.com/photos/ballena53

# 用散景表现季节感

我在等红绿灯时发现别致的刨冰广告。我想表现夏日阳光灿烂的感觉，所以设定 F2 的大光圈靠近广告拍摄，树叶间透过的阳光形成圆形的散景。照片中闪耀的五彩光斑并非有意为之，却让人想起夏日的彩虹（A）。

拍摄照片 B 时，我自己做了一块挖空出星型图案的板子，配搭上 lensbaby 的镜头，营造出让人难忘的星形散景。

相机：OLYMPUS OM-2 镜头：50mm F1.4 光圈：F2 ISO：100
胶卷：Kodak PROFESSIONAL ELITE Chrome 100

相机：Canon EOS 50D 镜头：Lensbaby 2.0
快门速度：1/250秒 ISO：200

## k-ko 表现季节感的诀窍

1. 营造明亮清爽的氛围来表现春天和夏天，萧索暗淡的氛围表现秋天和冬天。

2. 在四季变化明显的大自然拍摄。

3. 拍摄花朵等更能表现季节变换的事物。

# 生活中的幸福时刻 ☀ ◉

借助暖色系的室内光源，表现温暖的氛围。

相机：OLYMPUS OM-2 镜头：50mm F1.4

光圈：F2 ISO：100 胶卷：Kodak PROFESSIONAL ELITE Chrome 100

　　排了好久的队，才得以进入这家餐厅享用午餐。端来的热汤上面居然还呈现了一个笑脸，身心为之一暖。这株幸运草是友人散步时发现的，没想到随后居然接连发现了好几株，真是好幸运的一天。像这样突然感到幸福萦怀的时刻，就可以用相机记录下来。

发现小小幸福的秘诀

**1. 不要放过点滴细节。**

**2. 即使是不起眼的小玩意也要注意。**

**3. 抓拍能让自己开心一笑的事物。**

让周围的景物更模糊，更能突显幸福感。

相机：Canon EOS kiss Digital X 镜头：50mm F1.8

快门速度：1/1000秒 光圈：F1.8 ISO：100

# 暖暖咖啡

坐在椅子
上拍摄

咖啡店内

左上方的
室内光源

距离约50厘米

相机：OLYMPUS OM-2 镜头：50mm F1.4
光圈：F2.8
胶卷：Kodak PROFESSIONAL ULTRA COLOR 400UC

　　朋友在大阪开了一家咖啡店，某日，昔日同窗聚集在这里。我借助左上方的屋内光源，将光圈设定为 F2.8，拍出温暖明亮的效果。这张照片透出浓浓暖意，以及好友重聚时的欢乐气氛。让散景更模糊也使得影像更柔和。

相机：OLYMPUS OM-2 镜头：50mm F1.4
光圈：F2.8 ISO：400
胶卷：Kodak PROFESSIONAL ULTRA COLOR 400UC

# 偶遇的可爱动物 ⊗

在奈良公园中，突然有只小鹿靠近我，一阵手忙脚乱之后，我终于拍下了这张照片。拍摄时它可不太配合，四肢乱动，我花了不少时间才确保它的眼睛对上了焦，然后等到它望向镜头的一瞬间，按下快门完成了影像。它靠近我是想我分给它一点吃的，还不住的低头行礼，好有礼貌的小鹿啊。

可以用它喜欢的零食诱惑它。
相机：OLYMPUS OM-2 镜头：50mm F1.4 光圈：F2.8 ISO：400
胶卷：Kodak PROFESSIONAL PORTRA

## 拍摄要点

1. 焦点要放在最有魅力的眼睛上。
2. 让相机的高度与动物的实现平齐。
3. 为了避免错过有趣表情，选择连拍模式。

## "Profile"

博主：k-ko

博客：k-ko's photostream

网址：http://www.flickr.com/photos/ballena53

摄影资历：1 年半

博客更新频率：2 ~ 3 天更新一次

职业：上班族

装备相机：Canon EOS kiss Digital X/OLYMPUS OM-2/Hasselblad 500C/M

我不只是要把照片发布出来，所以我选用了还有整理、分类功能的 Flickr 网站。在这里，信息交流非常便捷，可以听到来自不同人的意见，如果拍摄时遇到什么问题，只要在网站上提问都会有人解答，让人感觉很有收获，我会继续使用 Flickr 网站，以后的时光，我还会开始尝试人像摄影。

博客：chou*chou*

博主：阿柯*

网址：http://aco-foto.jugem.jp

# 阴天特有的柔和光线

并没有让花占据画面的中央位置，有意的留白让画面更有意味。

相机：Canon AE-1 Program　镜头：35mm F2　快门速度：1/125秒　光圈：F2 ISO：100 胶卷：Ferrina Solaris

　　我的视线被橘色的波斯菊所吸引，大概是阴天的缘故，背景呈现出一片自然的白色。用大光圈的设定拍摄，让散景更模糊以营造出柔和气氛，焦点则锁定在花上。拍摄时风很大，为了防止摇曳的花朵让影像模糊，所以等待风小一些后再进行拍摄。

用大光圈拍摄，粉红的樱花仿佛融入白色背景中。

相机：OLYMPUS PEN F 镜头：38mm F2.8 快门速度：1/500秒
光圈：F2.8 ISO：1600 胶卷：FUJIFILM NATURA 1600

## 阴天拍摄的要点

1. 仰角拍摄，天空可作为背景。

2. 曝光补偿设定为略微曝光不足。

3. 逆光拍摄更能表现柔和感。

# 黑白胶卷的独特表现效果 🎞️ 📷 ⭕

被摄主体居于画面中央有突显作用。

相机：Zenza Bronica S2 镜头：75mm F2.8 快门速度：1/1000秒
光圈：F8 ISO:400 胶卷：FUJIFILM NEOPAN 400 Professional

　　一家人在公园游玩，儿子向着躺在地上的爸爸撒娇，我拍下了这幅可爱的画面。公园里人很多，为了突显他们俩，我使用上了黑白胶卷的 120 相机，影像会更清晰、锐利。这样的可爱景象，让我忍不住用黑白胶卷表现。

儿子的脚趾交错在一起的可爱样子，黑白胶卷无颜色，构图需更加下工夫。

相机：Canon AE-1 Program
镜头：35mm F2
快门速度：1/125秒
光圈：F2.8 ISO：400
胶卷：KONICA MINOLTA B/W PAN 400

# 花儿与天空

A

我选用的是一款蓝色表现力较好的胶卷，没想到花儿的红色愈发耀眼。

相机：Nikon FG-20 镜头：28mm F2.8 快门速度：1/1000秒 光圈：F4 ISO：400 胶卷：FUJICOLOR PRO 400H

　　夏日的蓝天与艳丽的郁金香，我想把蓝天作为背景，更加衬托出郁金香的红色。夏天的阳光刺眼，拍摄时小心不要曝光过度，才能拍出蓝天红花的对比效果。照片 B 拍的是油菜花，为了表现影像的立体感，让远处的高压电线支架一同入镜。

拍 摄 要 点

1. 在花儿被自然光正面照射的情况下拍摄。

2. 考虑好是以花儿还是天空为主角。

3. 仰角拍摄让天空入镜。

B

这张照片使用色彩表现比较特别的 PARADE 100 拍摄。

相机：Canon AE-1 Program 镜头：35mm F2 快门速度：1/500秒
光圈：F2.8 ISO：400 胶卷：PARADE 100

# 特殊效果表现夕阳

相机：Canon AE-1 Program 镜头：35mm F2 快门速度：1/250秒 光圈：F11 ISO：200 胶卷：Ferrina Solaris

夕阳西下的壮丽景象让人沉醉，为了表现夕阳在天空渲染出的渐变色彩以及海上的波浪起伏，我选用了小光圈的设定，逆光拍摄出人物剪影。我用略微广角的镜头呈现，使得影像有一种像电影画面的特别效果。

## 拍摄要点

1. 略微广角的镜头来表现天空的辽阔。

2. 拍摄时设定为曝光不足。

3. 把随着时间变化的天空颜色记录下来。

"Profile"

博主：阿柯 *

博客：chou*chou*

网址：http://aco-foto.jugem.jp

摄影资历：1 年 8 个月

博客更新频率：不定期

职业：家庭主妇

装备相机：Zenza Bronica S2/ Canon AE-1 Program/Polaroid SX-70/OLYMPUS PEN F /Nikon FG-20/RICOH flex/HOLGA 120CFN

自从收到一部单反相机作为生日礼物，便开始了我的摄影生涯。我觉得摄影的魅力在于它能将瞬间与情感定格并保存下来。我刚开始拍摄便开设了照片博客。它让我认识了很多新朋友，对于我，能与身处远方的朋友交流，就是最快乐的事情。

制作玩具相机风格的影像

# 如何使用影像处理软件

"影像出现暗角"、"对焦不准确"等这些玩具相机才有的效果，现在通过软件处理后，普通影像也能具有相同的特点。下面介绍的影像处理软件，都是可以免费下载的，操作也相当简单。根据照片的差别，效果也有所区分，不妨反复尝试体验。

## "LOMO*LIKE"

作者： 操作系统：Windows
下载网址：http://www.shockwise.com/tool/lomolike.php

这款软件能将你拍摄的影像转换成"LOMO"相机拍摄出的怀旧风格照片，还能让你的影像出现暗角。

\* 本软件仅支持处理 240 像素 ×240 像素大小的图片

## "MINI+TUNE"

作者： 操作系统：Windows
下载网址：http://www.shockwise.com/tool/minitune.php

这款软件可以将影像转换为模型世界般的风格，风景照以及从高处拍摄的鸟瞰照比较适合用这款软件处理，另外它还能将影像的边角转换成圆角。

\* 本软件仅支持处理 240 像素 ×240 像素大小的图片

## "Toycamera Standalone v0.1"

作者：Eiji Nishidai 氏 操作系统：Windows；Mac OS X
下载网址：http：www.pentacom.jp/pentacom/products.html

具备 7 种影像调整滑块，可以让用户自由调整明暗、模糊等参数，具体的操作方式下页有介绍。

\* 本软件仅能输出 1000 像素 ×1000 像素大小的图

可搭配 "LOMO*LIKE"、"MINI+TUNE" 使用的影像剪切软件

## "cropper"

作者： 操作系统：Windows
下载网址：http://www.shockwise.com/tool/cropper.php

因为"LOMO*LIKE"、"MINI+TUNE"只支持 240 像素 ×240 像素大小的图片，这款软件可以帮我们轻松地把原始文件放大、缩小或是裁切到 240 像素 ×240 像素。

# "Toycamera Standalone v0.1"之初体验

下面将详细介绍"**Toycamera Standalone v0.1**"的使用方式。通过调节滑块就能处理出各种个性化的图片。

## 使用方式

### 1.把原始文件拖曳到操作界面。

把图片拖到软件开始后出现的界面中。

### 2.图片出现在预览窗口。

软件的预设值就能将图片输得当地转化为玩具相机风格。

### 3.操作滑块调节

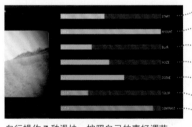

START：调节暗角大小，数值越大，暗角越小。

AMOUNT：调节暗角颜色深浅，数值越大，颜色越深。

BLUR：调节图片的模糊程度，数值越大，图片越模糊、柔和，越有对焦不准的效果。

NOIZE：调节噪点多少，数值越大，图片中的噪点越多。

DODGE：调节图片中央区域的亮度，数值越大，中央越明亮。

COLOR：调节色偏，以滑块中央位置为界，越往右图片越偏红色，越往左图片越偏绿色。

CONTRAST：调节影像对比度，数值越大，整体颜色越浓，数值越小，整体颜色越暗。

自行操作 7 种滑块，按照自己的喜好调节。

### 4.存储调节结果

选择"SAVEFILE"选项之后，会在原文件名后再加上 _effected.png 为新的文件名，并存为 png 格式。

\* 为了让展示效果更明显，特意将 AMOUNT 调节到最大值，其他数值则维持相应的调节程度。

### 5.处理完成

挑选出 4 种比较容易看出效果的调节项目（BLUR/NOIZE/COLOR/CONTRAST），结合范例分别调节到最大值，看看有什么不一样的效果。

## ＊ BLUR数值调大以后……

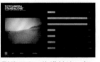

影像柔和，仿佛梦境一般。

START：50.12/AMOUNT：255.0/BLUR：255.0/
NOIZE：50.12/ DODGE：50.12/COLOR：50.12/
CONTRAST：50.12

## NOIZE数值调大以后……

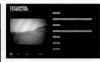

影像颗粒变粗，图片质量变得粗糙。

START：50.12/AMOUNT：255.0/BLUR：50.12/
NOIZE：255.0/ DODGE：50.12/COLOR：50.12/
CONTRAST：50.12

## ＊ COLOR数值调大以后……

数值越大（滑块越往右），影像越偏绿色。

START：50.12/AMOUNT：255.0/BLUR：50.12/
NOIZE：50.12/ DODGE：50.12/COLOR：255.0/
CONTRAST：50.12

## ＊ CONTRAST数值调大以后……

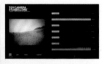

图片色彩明显变得浓烈，但整体的明度下降。

START：50.12 /AMOUNT：255.0/BLUR：50.12/
NOIZE：50.12/ DODGE：50.12/COLOR：50.12/
CONTRAST：255.0

影像表现的内容不同，调节后也会呈现不同效果，需要多加尝试才能找到自己想要的感觉。

# 旅行的意义

能亲身到各处景点游玩，却只能拍出千篇一律的"到此一游"的效果，这堂课，那些喜爱旅行和摄影的达人将告诉你如何拍出让人心动的旅行摄影作品。

## 专业摄影师的拍摄秘诀

📷 高桥良行 Yoshiyuki Takahashi

主要拍摄亚洲各地人们的日常生活，2006 年获得 CAPA NETWORK 摄影大奖的优秀作品奖，个人网站网址：http://tabibiyori.com

高桥良行先生游历于亚洲各地，拍摄各地的风土人情。并将作品在个人网站上发表。通过他呈现的影像，我们可以看到那块土地所散发出的独特魅力。他会告诉我们如何拍摄更能打动人心的旅行作品。

旅游摄影的魅力在于，能把身临其境时所感受到的感动通过影像留存下来。每次重温这些当时拍摄的照片，关于旅行的回忆又在脑海浮现，这就是摄影的优点吧。

要想在旅行中拍出好的照片，一定要注意处理好与被摄主体的关系，不要惊扰到被摄主体，让其感到不愉快。招呼也不打就拿镜头对着人家拍摄，或是进入到不应当涉足的场所拍摄都是旅行摄影的大忌。说起来这些事情你会认为都太小儿科，但都是应加倍注意的事情。

如果被摄主体是人物，他如果感到受侵犯而不高兴，自然会反应在脸上，你也就拍不出好照片呢。总之，时刻保持微笑的状态，人家自然也会和善地回应你。

## Point 1

### 相机保持随时待命的状态

拍摄时机的出现可是毫无预兆的，即使只是从下榻地点短暂外出购物或者搭公共交通工具都要把相机准备好。可能你猝不及防就会遇到千载难逢的拍摄时机。还要注意的一点就是保管好相机，别让它离开你的视线，并随身携带。这张图片是我在乌兹别克斯坦散步时，与他们擦肩而过时抓拍的。

快门速度：1/250秒
光圈：F5.6
ISO：400

## Point 2

### 掌握交谈时的好机会

在请求人家的允许拍摄时，首先要微笑着向对方打招呼，获得允许后再以愉快的心情边与对方交谈边进行拍摄。只要我们保持微笑，对方也很容易以笑容回应我们的友善。这张照片就是我在尼泊尔一边用"NA MA S TE"（"你好"的意思）向小女孩打招呼，一边拍摄所获取的影像。

快门速度: 1/320秒 光圈: F5.6 ISO: 100

## Point 3

### 预测情况可能的转化趋势

这张照片是在老挝的湄公河上拍摄的，当时我看到孩子们在桥上玩耍，我预测他们可能会跳入河中，所以预先把相机对准他们按动快门。在拍摄人物时，如果被摄主体正处于运动状态，可能就会出现按下快门却一无所获的情况。因此，拍摄时一定先要预判好对方接下来的行动，等人家做出自己预测的动作时，正好按下快门。

快门速度: 1/320秒 光圈: F6.3 ISO: 400

## Point 4

### 拍摄风景时，一定要有耐心。

拍摄时的耐心等待是必需的，但如果要赶时间则另当别论。特别是拍摄像示例照片（吴哥窟拍到的日出）这样日出或者日落的景象时，景色可以说是瞬息万变，须臾之间，可能呈现的影像都会迥然不同。

## Point 5

### 事先设定拍摄主题

在整个行程中，或是在某个市镇短暂逗留，或是旅途中的一天，都可事先设定好拍摄主题。

这样你拍摄时会更有重点，也会留意到平时未尝注意的细节。拍摄这张照片时，当天的主题就是"工作中的人们"，在街头散步时，我的视线被这个平时应该会忽略的鞋匠所吸引，他也在劳作之余向我报以微笑。

博客：同一片天空下
博主：sugar
网址：http://7th-july.jugem.jp/

# 拍出当地的特征色彩 ◉ ☀

A

为了突出当地的代表色彩，我会在电脑的后期处理上下工夫。

相机：Canon EOS Kiss Digital X　镜头：18-55mm F3.5-5.6　快门速度：1/800秒　光圈：F5.6 ISO：400

我在加拿大的白马镇（Whitehorse）发现这辆色彩斑驳的老爷车，拍摄后，我在电脑上把照片的对比略微调高，使色彩更加醒目（A）。

照片 B 是瑞典科罗娜（Kiruna）的教堂，室内光线昏暗，拍摄起来比较困难。但将曝光补偿设定为略微曝光过度的状态后从正面拍摄，影像的色彩还是很迷人。

世界各地的代表色彩

**1. 哥本哈根 vs 砖红色**

**2. 温哥华 vs 绿色**

**3. 白马镇和科罗娜 vs 白色和彩粉色**

B

相机：Canon EOS Kiss Digital X
镜头：30mm F1.4
快门速度：1/320秒　光圈：F2.8
ISO：1600

# 后期处理让照片更有味 ⬤ ▦ ▱ ◉

A

在电脑上打开图片，然后用软件为影像加上邮票边框。

相机：Canon EOS Kiss Digital X 镜头：110mm F2.8 微距镜头 快门速度：1/500秒 光圈：F5 ISO：400

在丹麦等北欧国家的餐厅或路旁，随处可见使用烛台的灯，相当别致。我想更加突出这种浓浓北欧风情的景象，所以通过电脑的后期处理，给照片加上了更有旅行感觉的邮票边框。

照片 B 中，为了强调在车站发现的一位引人注目的女士，通过后期处理，只保留了她身上的色彩。

## 影像后期处理网站推荐

### Picnik

这是一个在线影像处理网站，只要把影像上传就能进行后期处理。对于操作稍微复杂就晕头转向的我来说，这个简单操作的网站简直是太省事了！

B

在"picnik"上，我运用了"Holga风格"、"胶片颗粒"、"聚焦黑白"3种效果来完成这张图片。

相机：Canon EOS Kiss Digital X
镜头：10-22mm F3.5-4.5
快门速度：1/40秒 光圈：F4.5 ISO：1600

# 当地居民的生活影像 ☀ 🎏 ◎

相机：Canon EOS Kiss Digital X 镜头：105mm F2.8 微距镜头 快门速度：1/500秒 光圈：F3.5 ISO：400

　　这张照片是我在哥本哈根的 **Stroget** 散步时，在街头拍摄的，这条街吸引人的地方并非它的景色或两旁的建筑，而是街上的人们。外表绅士的男子买花的景象是如此日常化，不由让人对他们的生活心生羡慕。旅行摄影拍摄人物时可以通过散景来突显人物。具备中望远焦距的微距镜头可以说是旅行必备镜头。

*拍摄人物之前，须事先征得对方同意。

拍摄要点：

1. 旅行时一定要配备 2 ~ 3 支镜头。

2. 不仅要注意风光与建筑，还要留意当地的人们。

3. 拍摄人物时用大光圈拍摄。

相机：Canon EOS Kiss Digital X 镜头：105mm F2.8 微距镜头
快门速度：1/125秒 光圈：F8 ISO：800

# 带着童心拍摄 🔲 ◉

特地去台北旅行，却碰上了台风天气，大雨倾盆，连台北的地标建筑"101"大楼都隐没在雨雾中，笼上了一层幻境的感觉。我不由萌发了孩子气，在撒满水气的玻璃上写下了"Taipei 101"字样，和窗外的大楼一同拍入镜头。为了表现雨天的阴冷感觉，我将白平衡设定为白炽灯。

相机：Canon EOS Kiss Digital X 镜头：18-55mm F3.5-5.6
快门速度：1/1250秒 光圈：F3.2 ISO：800

对焦点在对面的大楼

白平衡设定为白炽灯以强调蓝色

Taipei 101

在洒满水气的玻璃上写字

⚠ 注意文字的清晰程度

**"Profile"**

博主：sugar

博客：同一片天空下

网址：http://7th-july.jugem.jp/

摄影资历：1 年 7 个月

博客更新频率：每周 2 ~ 3 次

职业：贸易相关（服装行业）

装备相机：Canon EOS kiss Digital X/HOLGA/viviCam5399/VQ1005

我非常向往北极光，因此前年去了一趟加拿大。当时心里就琢磨，"拍摄北极光一定要用单反相机。"于是就入手了手头的这款相机。从此，我就沉醉于影像的世界中，即使是日常的景物也能在镜头下发现新的乐趣，我的活动半径也大大拓宽。今后，我拍摄的主题要更加多元化。

博客：Une Boîte du trésor
博主：yokororin
网址：http://tresor71.blog118.fc2.com

# 拍出留白的空间

相机：OLYMPUS PEN FT
镜头：38mm F1.8
快门速度：1/250秒 光圈：F5.6 ISO：400
胶卷：KONICA MINOLTA CENTURIA SUPER

**拍摄要点**

1. 选取能将所有景物入镜的拍摄位置（使用广角焦距）。

2. 构图时，要注意空间留白。

3. 让当地的人们成为风景中的点缀。

相机：OLYMPUS PEN FT 镜头：38mm F1.8 快门速度：1/250秒
光圈：F5.6 ISO：400 胶卷：KONICA MINOLTA CENTURIA SUPER

　　我在波兰的 **Kazimierz** 地区散步时，看到了一条可爱的狗狗，我拿出相机拍摄，让沧桑的石板路与邻近的老街取得画面的均衡，然后按下快门（**A**）。

　　照片 **B** 拍的也是同一条街，古老的红砖墙，以及墙上古意盎然的装饰物，还有别致的格子窗都一同收入镜头。

# 仔细构图表现当地感觉 🪟

A

相机：OLYMPUS PEN FT 镜头：38mm F1.8 快门速度：1/125秒 光圈：F5.6 ISO：400 胶卷：KONICA MINOLTA CENTURIA SUPER

　　照片 A、B 拍摄的都是波兰的奥斯维辛集中营，纳粹暴行的残酷，集中营难民的悲惨遭遇，与世隔绝的痛苦，我想把这些感受通过影像尽可能地传递出来。因此将铁丝网作为照片的前景，表现出与外界隔绝的氛围。我对照片 B 的碑文做了适当裁切，能给人留下更深刻的印象。

拍摄要点

1. 构图时着力表现让人印象深刻的部分。

2. 不要落入旅游手册照片拍摄的窠臼，尝试多个角度拍摄。

B

相机：OLYMPUS PEN FT 镜头：38mm F1.8 快门速度：1/125秒
光圈：F2.8 ISO：400 胶卷：KONICA MINOLTA CENTURIA SUPER

# 把握拍摄时机 🖼

相机: OLYMPUS PEN FT 镜头: 38mm F1.8 快门速度: 1/125秒 光圈: F5.6 ISO: 400 胶卷: KONICA MINOLTA CENTURIA SUPER

　　在布拉格的查理大桥上我看见一群海鸥，凑过去一看，还有人在喂它们。取景时，我尝试着把被夕阳微微染红的天空，以及倒映一方天空的河面，还有海鸥都收入镜头，因此等待到最好时机再按下快门。虽然拍摄只是一瞬间，但整个过程都是在争分夺秒，把握好那稍纵即逝的机会。

---

### 拍摄要点

**1. 相机随身携带。**

**2. 随时留意是否有拍摄时机。**

**3. 事先设定好曝光补偿。**

清晨，我偶然经过一个广场，看到了铺天盖地的一大群鸽子，取景时，我让地面占据了大部分画面，以表现现场的压迫感。

相机: OLYMPUS PEN FT 镜头: 38mm F1.8
快门速度: 1/250秒 光圈: F5.6 ISO: 400
胶卷: KONICA MINOLTA CENTURIA SUPER

# 感受街道之美 🎞

这张照片是从捷克的克鲁姆洛夫城的城堡的小窗户向外远眺的景色，阳光的照耀下小城的街景分外漂亮。我选用直幅构图，试图表现街道的纵深感，还有远处的尖端屋顶，以及守护小城的教堂。

**拍摄要点：**

1. 从高处用直幅构图拍摄街景，以表现出纵深的感觉。

2. 用略微过度曝光的设定表现出幻境般的感觉。

3. 若采用横幅构图，并结合广角镜头，能纳入更多景物。

相机：OLYMPUS PEN FT
镜头：38mm F1.8
快门速度：1/125秒 光圈：F4 ISO：400
胶卷：KONICA MINOLTA CENTURIA SUPER

**"Profile"**

博主：yokororin
博客：Une Boîte du trésor
网址：http://tresor71.blog118.fc2.com
摄影资历：2 年
博客更新频率：几乎每天更新
职业：药剂师
装备相机：OLYMPUS PEN FT/PENTAX SP II/Canon FT QL/
OLYMPUS E-510/FED5B/Polaroid SX-70/Corina/Vivitar Mariner

开始摄影生涯之后，我看事物的角度也有了不同，每天都过得很快乐。而使用早期的相机拍摄，尤其能表现拍摄当时的氛围。一想到有人能从我老相机拍摄的影像中唤起共鸣，我都很庆幸开通了照片博客。

博客：iori 的日记
博主：iori niibe
网址：http://blog.ioriniibe.com

# 壮丽风景拍摄

相机：Nikon D200 镜头：12-24mm F4.5-5.6 快门速度：1/250秒 光圈：F9 ISO：100

照片 A 是拍摄的美国亚利桑那州的 "石涛谷"（the Wave），该景点一天只接待 20 名游客，被我列为一生中一定要去的景点之一。当天天气不错，所以感光度设定得较低，拍出的效果仍然很漂亮。照片 B 拍摄的是华盛顿州的大提顿（Grand Teton）国家公园。日出前我就将三脚架放好位置，静待最佳的拍摄时机出现。

### 壮丽风景拍摄要点

**1. 多余的景物不要纳入镜头。**

**2. 天空、树木都能增强风景的壮丽感觉，最好纳入镜头。**

**3. 阴天、早晨或傍晚都比较适于拍摄。**

用上下平分的方式构图让景物显得安宁和谐。

相机：Nikon D200 镜头：28-70mm F2.8
快门速度：1/8秒 光圈：F18 ISO：100

# 风驰电掣的帅气 🖼️ 📷 ☀️ ⚪

在美国旅游，尤其是前往一些不通火车的冷门景点时，开车就成为必不可少的手段。旅行中，不仅可以拍摄到此一游的留念照片，还可以将汽车与风景一同入镜。拍摄时请选用长焦距镜头，相机高度与轮胎平齐，就可以拍出颇具现场感的照片。

在加利福尼亚州著名的"jalama Beach"露营时拍摄的照片。

相机：Polaroid SX-70 快门速度：自动 光圈：自动
ISO：600 胶卷：Polaroid 600film

### 驱车旅行的拍摄要点

1. 最中意该款车的什么部位。

2. 把观光景点作为背景。

3. 取景时，留意汽车与背景的配搭。

纪念谷（Monument Valley）下车后就是景点。照片中的这辆车陪我经历了一路坎坷。

相机：Polaroid SX-70 快门速度：自动 光圈：自动
ISO：600 胶卷：Polaroid 600film

# 如何拍出现场感

相机：Nikon D200 镜头：12-24mm F4.5-5.6 快门速度：1/400秒 光圈：F7.1 ISO：200

这张照片拍摄的美国德克萨斯州66号公路的一处地标景点"凯迪拉克农场"（Cadillac Ranch），这里将许多辆凯迪拉克汽车插入地面之下，拍摄时考虑角度，尽量把整体的规模大小表现得一览无余（A）。

照片B拍摄的是位于俄勒冈的波特兰市，当地骑自行车的人很多。通过让街景一同入镜，一闪而过的骑自行车的人也可能被联想为当地人。

等待只有1个人靠近时拍摄

从斜前方拍摄，尽量展现整体的全貌。

相机：Nikon D200 镜头：12-24mm F4.5-5.6
快门速度：1/30秒 光圈：F8 ISO：100

# 拍摄具有当地特色的被摄主体

相机：Horseman LE（4×5片幅） 镜头：210mm F5.6 快门速度：1/15秒
光圈：F5.6 ISO：100 胶卷：kodak T-MAX 100

我非常喜爱 66 号公路，希望能拍摄到驾驶
哈雷摩托的骑士。在加油站碰到来加油的骑士，
便盛情邀请他们作为模特，为了在影像中能突显
他们的英姿，特地选择简单的墙壁做背景。

阴天

距离约5米

相机的高度
与骑士的脸
部平齐

**"Profile"**

博主：iori niibe

博客：iori 的日记

网址：http://blog.ioriniibe.com

摄影资历：7 年

博客更新频率：1 周 1 次

职业：学生

装备相机：Horseman LE/Nikon D200/Nikon NEW FM2/FUJI GA645i/
Polaroid SLR680/Polaroid SX-70/Yashicaflex-A/Lomo Fisheye

我不时有机会在美国住上一段
时间，因此想推荐给国人一些他们
不太熟悉的旅游景点，于是我开通
了博客。如果有人因看到我拍摄的
照片而有了动身前往的冲动，我肯
定会觉得很荣幸。

我在另一个网址也有作品发
表。http://ioriniibe.com

# 带着相机一起上路

田中玲子小姐在各国游历时，最常使用的是Lomo LC-A 相机。她个人网站上发表的摄影作品，都是在旅途中拍摄的，并依照地点与主体的不同进行了分类。下面田中小姐将分享她旅游摄影中的心得以及注意事项。

> **☺ 田中玲子**
>
> 目前已游历过 13 个国家，在旅行中体会到摄影的乐趣，现在一发不可收拾，已成为不折不扣的发烧友。
>
> **网址:** http://www.tabitabitabi.net/

德里（印度）/Lomo LC-A

当想去旅行的念头在脑海发酵得不能自已，比起回忆过去游历的地方，我更希望能身临其境领略那种美好。旅程中，我最想留住的就是曾经涌上心头的各种感触，也就是现场感。哪怕旅程中的影像记录只有一张照片具有现场感，也比一件充满异国风味的纪念品更能勾起我的回忆。就让我们带着相机上路，收集一路行来的种种感动。

### 旅行时我使用的相机

这是我每次旅行必备的 Lomo LC-A，也是我最趁手的一部相机。到今年 7 月，我和它已经相依相伴 7 个年头呢，我还拥有的其他品牌的相机有 PENTAX MZ-7、Vivitar ultra W&S、CyberSampler、Fisheye、RICOH Auto Half。

## 旅行前的准备工作

旅行前请准备好下列物品，以方便出国时拍摄。

### 胶卷与记忆卡

虽然胶卷在各个国家都能买到，但考虑到价格与质量因素，最好还是事先在国内准备好。

### 充电器与万用插头

有了万用插头，到哪都不用担心插座不能兼容的问题，这样只要有空就能即刻充电呢。

### 电池

出于环保或者成本方面的考虑，建议使用充电电池。但身处的地方也可能无法充电，所以还是要准备好一些干电池。

### 相机使用手册

不光在相机出现问题时能派上用场，有空也不妨阅读一下，加深对相机性能的了解。

## 旅行的相机搭配

逐渐适应旅游的节奏之后，可以同时携带两部相机，这样不仅能呈现更丰富的影像，自身的乐趣也会增加很多。试着搭配不同相机的特色，尽情享受旅游摄影的乐趣。

### 数码相机+玩具相机

在拍摄类似美食的题材时，使用数码相机就不用担心没拍好要重拍的问题。而要表现独特风格的影像时，就可以选用玩具相机。

### 新相机+一次性相机

如果携带的是还不能熟练操作的新相机，可能无法拍出自己想要的效果，为了更加保险，可以用一次性相机加拍一张，以确保重要场景的拍摄。

### 傻瓜相机+单反相机

乘坐交通工具或者在逛商店时可以使用轻巧的傻瓜相机，拍摄街景或者风景照等需要精细构图的照片时使用单反相机。

### My CAMERA BAG

专门的相机包往往会成为窃贼的目标，我选用化妆包来装相机，避免引起他们的注意。

## 旅行与摄影的双重享受

出国是难得的事，却只惦记着拍照，错过了欣赏美丽风景的机会。旅行和摄影是能够很好的平衡的，首先尽情体验当地的风土人情，然后再挑选让自己心旷神怡的画面拍摄。旅行与摄影这两件事都不能忽略，将二者完美的结合，你也能感受到双重的乐趣。

## 旅行照片的后期应用

旅途中拍摄的照片并非只能放在相册或电脑里，有不少人就选择在网上发表自己的作品。除了放在个人网页或者博客上，也可以使用fotologue、Flickr这样的网络相册或者网络照片社区的功能。当有人对自己的作品提出意见时，自己不仅会感到荣幸，自身的摄影技巧也能相应提高，更有可能结识也喜好旅行摄影的新朋友。

此外，有些网站还提供相应服务，帮我们把照片印在明信片、邮票、环保购物袋、玻璃杯、马克杯上面，制作个性产品。

**留心禁止拍摄的场所**

**通常会禁止拍摄的地点**

* 宫殿

* 宗教场所

* 圣地

\* 如果镜头对着国境、军事设施、桥梁机场等拍摄，可能会由于国防安全的原因而受到阻拦，甚至会被要求交出胶卷或者删除拍摄文档。

### 使用相片制作个性产品的网站

"DESIGN GARDEN" http：//designgarden.jp

提供把照片印在Ｔ恤、环保购物袋、明信片、马克杯、护书袋等物品上的服务。

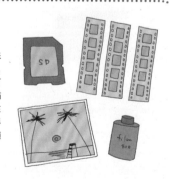

**影像资料整理技巧**

冲洗好的胶卷，按照每次旅行来分类，纳入专门的胶卷保存簿中，若想把胶卷转换为电子形式，可以拿到专门的冲洗店处理。扫描胶卷后的电子文档一般会复制在光盘中。使用数码相机拍摄的影像除了储存在电脑里，还应该额外备份一下。

LESSON6

# 愈夜愈美丽

或许许多人都没有架设三脚架拍摄夜景的经历，在夜里，我们能体验白天不能看到的美景，下面将传授夜景拍摄的技巧，让我们一起实际运用吧。

专业摄影师的拍摄秘诀

📷 **百濑俊哉 Toshiya Momose**

出生于 1968 年，2002 年凭借摄影集《东京 = 上海》获得第 21 届土门拳奖。他以"虚幻的景色"为主题，在世界各地从事拍摄工作。

百濑俊哉先生游走于世界各地的都市，用影像表现它们个性的美丽。就算是同一地点，白天与晚上的风格也迥然不同，他能鲜明地表现夜景独特的况味。下面就让我们跟随百濑先生学习夜景拍摄的技巧。

所有夜景中，我最偏爱日落时的景色。在这日夜交替的时分，原本司空见惯的那些景物，忽然都有了表情，这就是日落时的独特魅力。我建议使用数码单反相机来捕捉这一瞬的美丽，相机的性能现在已有很大提升，影像在输出后表现仍很卓越。

除了相机之外，夜景拍摄必不可缺的就是三脚架（请参见 Point1）。同时为了防止相机抖动，还可准备快门线或快门开关。另外能保持相机水平的水平仪以及手电筒也能派上用场。最后，还可利用好各式各样的路灯，拍出具有自我特色的夜景。

**Point 1** 必不可少的三脚架

想拍到美丽的夜景，三脚架不可或缺，如果实在没有三脚架，也要把相机放在平稳的表面上拍摄。挑选三脚架的要求是在强风中仍然能稳固摆放，稳定可靠。右图的拍摄经过了 240 秒的长时间曝光，但归功于三脚架的稳定，并未出现影像晃动模糊的情况。

## Point 2

### 注意调节白平衡与色彩平衡

　　通过调整数码相机的白平衡和色彩平衡，可以让照片的表现更为丰富。照片 A 的白平衡设为"太阳光"，照片 B 则设为"白炽灯"。如果选择用 RAW 格式记录，用 RAW 格式的处理软件也能调节色温。如果是用胶卷拍摄，可以在镜头前加装各种滤镜以获得不同效果。

两图都为相同设定。快门速度：1/15秒　光圈：F8 ISO：800

## Point 4    天气情况的影响

　　就算是一片漆黑的夜里，天气或者云量的不同也会让拍出来的天空呈现不同的色彩。另外，夏天与冬天的空气湿度有所差别，拍出来的效果也会不同。冬天时只要空气纯净，拍出来的天空就格外清澈。右图是在天空云量较少的晴日拍摄的，如果是在阴天或者雨天拍摄，就无法拍出这样动人心魄的蓝色。

快门速度：1/2秒　光圈：F8 ISO：64

## Point 3

### 正确的对焦能实现较大光圈

　　夜晚光线昏暗，相机的自动对焦功能难以发挥作用。可选取手动的方式将焦距设定为无限远，这样景深范围就足够深，不用再缩小光圈以增加景深，同时快门速度也较快，ISO 值也可调的较低。

快门速度：1秒　光圈：F5.6 ISO：64

## Point 5

### 在相机的自动设定基础上微调

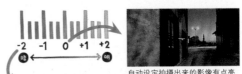

自动设定拍摄出来的影像有点亮

调低曝光补偿亮度恰好！

快门速度：1秒　光圈：F5.6 ISO：64

　　现在的数码单反相机往往能自动设定曝光量，并在这上面花了不少工夫。但这些高科技的功能在夜景拍摄时反而会影像拍摄效果。所以不妨先用自动曝光模式拍摄之后，然后再在这张照片的基础上微调一下曝光量。

博客：**Photo is my life......The camera eye**

博主 :snatchshot

网址 :http://snatchshot.exblog.jp

# 使用白平衡调出清澈感

相机：Canon EOS 5D 镜头：24-105mm F4 快门速度：6秒 光圈：F11 ISO：200使用三脚架拍摄

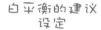

白平衡的建议设定

除了"日光灯"的白平衡设定，我建议还可以使用"白炽灯"。它能获取比"日光灯"更为偏蓝的色调，影像的感觉也更为清澈。可以多尝试各种白平衡设定，看看与夜景中的各种光源会发生怎样的互动反应。

设定为"日光灯"，能获得具有清澈感的影像。

从夕阳西下到夜色深沉，横滨 Minato Mirai21 的景观不断变换着身姿。照片 A、B 的不同色调其实是通过调节白平衡所实现的效果。照片 B 是使用自动白平衡的设定拍摄，若将其设定为"日光灯"就会实现像照片 A 一样偏冷的清澈影像。白平衡不仅可以在拍摄前在相机上设定，如果影像是以 RAW 格式记录，还可以在拍摄后通过图像处理软件处理。

相机：Canon EOS 5D 镜头：24-105mm F4 快门速度：6秒 光圈：F11 ISO：200 使用三脚架拍摄

# 玻璃窗外的夜景 ☀ ⏱ ▦

依下图所绘，把黑布盖在镜头上后，即使透过玻璃拍摄，也不用担心将室内光影拍进去。

相机: Canon EOS 5D 镜头: 12-24mm F4.5-5.6 快门速度: 20秒 光圈: F16 ISO: 160使用三脚架拍摄

　　从大楼的观景台上向外拍摄。因为玻璃辉映出室内的光影，也会被纳入镜头，为了防止这种情况发生，拍摄时可将镜头抵在玻璃上，并在镜头上覆盖一块黑布。三脚架也是不可或缺的，但部分观景台不准带三脚架入内，事先请先咨询妥当。

相机: Canon EOS 5D 镜头: 24-105mm F4 快门速度: 32秒
光圈: F16 ISO: 160 使用三脚架拍摄

从大楼的观景台上向外拍摄

镜头上要覆盖黑布，以免拍入室内光影

镜头要抵住玻璃窗

# 拍出模型风格的街道

使用 Canon TS-E 这款能够矫正扭曲影像的移轴镜头，可以用模型风格表现 Minato Mirai 的街景。在产品摄影时，这款镜头通常都能够呈现足够的景深范围，让被摄主体的整体能够被清晰展现，但在这里却打破常规，有意限制景深，使影像具有模型风格的效果。

比光圈全开的状态时景深更浅，有如模型风格。

两图各项设定均相同 相机：Canon EOS 5D 镜头：45mm F2.8（Canon TS-E） 快门速度：1秒 光圈：F2.8 ISO：160使用三脚架拍摄

## 我使用的镜头

before

一般情况

如图所示，镜头的光轴偏离中心

拍摄模型风格时

after

挑选被摄主体小且密集的地点，在配搭高像素的相机拍摄。就容易呈现模型风格的效果。另外，由于只能手动对焦，因此操作时应该格外小心。

# 视角之外的世界

相机：Canon EOS 5D 镜头：12-24mm F4.5-5.6 快门速度：1.3秒 光圈：F13 ISO：200 使用三脚架拍摄

这张照片是在台场的 DECKS TOKYO Beach 用 12mm 的超广角焦距拍摄的。若将这类超广角镜头搭配全片幅相机（我是用的是 Canon EOS 5D），可以拍下视角更广阔的范围。让我们透过相机，欣赏超越人类视角的全新世界吧。

## 广角镜头的使用诀窍

1. 首先保持画面水平入镜。

2. 利用透视效果让被摄主体产生变形。

3. 建议使用片幅较大的单反相机。

**"Profile"**

博主：snatchshot

博客：Photo is my life……The camera eye

网址：http://snatchshot.exblog.jp

摄影资历：16 年

博客更新频率：几乎每天更新

职业：上班族

装备相机：Canon EOS 5D/Canon EOS-1D Mark II/Canon EOS 40D/RICOH GR Digital II

对我来说，开设相片博客的好处，是能让自身在人际关系以及摄影知识领域都得到提高，学习到更多东西。为了让通过博客认识的朋友保持新鲜感，我也不断督促自己，多拍一些有个人风格的作品与大家分享。

博客：星空 风景 **BLOG**

博主：前田德彦

网址：http://starwalker.jugem.jp

# 星月童话

照片 A、B 都是在日光的古战场平原拍摄的冬季星座，借助了刚升上东边天空的满月的清辉。在夜晚没有路灯照明的场所，不妨可利用一下月光。满月一升上天空，原本黑暗模糊的场景一下亮堂起来，月光的皎洁撒满心间。

**把握拍摄的时机**

1. 月亮要在拍摄的星座或风景的反方向升起。

2. 满月时才能拍到清晰的夜景，弦月时则不能。

3. 可以根据月亮位置的不同而变更拍摄方式，会感受不同乐趣。

相机：Canon EOS 40D 镜头：15mm F2.8 快门速度：20秒 光圈：F2.8 ISO：800
使用三脚架拍摄

相机：Canon EOS 40D
镜头：17-50mm
快门速度：15秒 光圈：F2.8
ISO：400 使用三脚架拍摄

# 星星也可轻松拍 ☀ ⏱ ⊞

A

这张照片只是在寻常的学校操场拍摄，但在我的博客上却人气颇高。

相机：Canon EOS 40D 镜头：15mm F2.8 快门速度：20秒 光圈：F2.8 ISO：800 使用三脚架拍摄

　　很多朋友认为拍摄星星需要很多专门的器材辅助，其实根本不用那么大费周章，只要有入门级的单反相机和三脚架就能搞定。照片 A、B 所处的地点肉眼都很难看见星星，但一样可以拍到很多星星的影像。

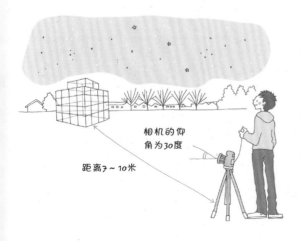

相机的仰
角为30度

距离7～10米

B

为了拍到星星倒映在水面的景象，我选择无风的夜晚拍摄，但也花了几天的工夫才拍摄成功。

相机：Canon EOS 40D 镜头：17-50mm
快门速度：20秒 光圈：F2.8
ISO：400 使用三脚架拍摄

# 在漆黑夜晚拍摄璀璨银河

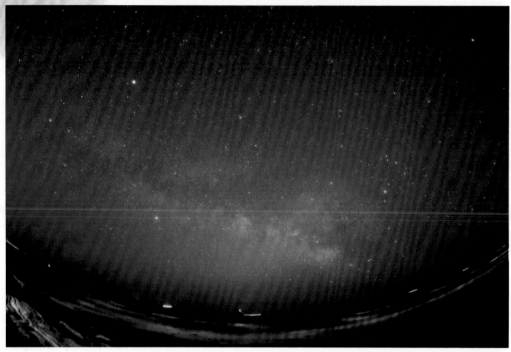

我在这张照片中拍到了夏季大三角以及天蝎座。如果曝光只有 30 秒，即使使用固定方式拍摄，也能拍出点状的星星。

相机：Canon EOS 5D Mark II　镜头：15mm F2.8　快门速度：60秒　光圈：F2.8 ISO：3200　使用三脚架与赤道仪拍摄

　　最好选择没有人工光源、月亮干扰的漆黑夜晚拍摄银河。如果使用鱼眼镜头就可以把夏季星座全部拍入一幅画面。我使用了赤道仪，即使曝光长达 60 秒，星星仍然能够维持点状，如果手头没有赤道仪，只要将曝光时间控制在 20 ~ 30 秒之内，拍下来的星星同样也能够维持点状。

## 我所使用的镜头

### Sigma 15mm F2.8 鱼眼镜头

拍摄星空时，拥有比人眼更宽广的视野，看到更辽阔夜空范围的鱼眼镜头大有用武之地。如果装备了它，摄影时能表现更丰富的题材。

虽然是在 2 月底时拍摄，但夏季的银河在黎明时已然升起。在星星格外美丽的冬季仍然可以拍摄到夏天星空。

相机：Canon EOS 5D Mark II
镜头：16-35mm F2.8 快门速度：60秒 光圈：F2.8
ISO：6400 使用三脚架与赤道仪拍摄

# 星空之下的浪漫 📷 ⏱ 🎞

相机：Canon EOS 40D 镜头：16~35mm F2.8 快门速度：1/60秒 光圈：F4 ISO：400 使用三脚架拍摄

为了拍摄金星与上弦月，我来到了琦玉县的紫山沼。每日黄昏，都有天鹅聚集于此。我一边观察着色彩逐渐变化的天空，一边尝试用不同的曝光设定拍摄，这就是其中的一张。构图时不妨留意一下天鹅的位置，这样整个画面更能带出一种浪漫的气息。

## 拍摄要点

1. 日出或者日落时分是最好的拍摄时机。

2. 抓住天空微亮（或将暗）的时机，尝试用不同的曝光设定拍摄。

**"Profile"**

博主：前田德彦

博客：星空 风景 BLOG

网址：http://starwalker.jugem.jp

摄影资历：30 年

博客更新频率：每周更新 1 次

职业：上班族

装备相机：Canon EOS 5D Mark Ⅱ / Canon EOS 40D

我还是中学生时就开始拍摄星星，目前专注的"星空与风景摄影"我认为是最能表现自身想法的题材。拍摄时，一边要想着如何拍出新意，具有原创性，一边还要考虑拍摄角度与构图。以后，我还会前往国内外的不同地区，以"星空与风景摄影"为主题，拍摄还未被发现的美景。

博客：潘趣酒 W 白色（已关站）
博主：潘趣酒
网址：http://ponzww.exblog.jp

# 彩色闪光灯装点夜景

相机：Lomo COLORSPLASH CAMERA
快门速度：自动 光圈：自动 ISO：100
胶卷：FUJICOLOR 100

　　我带着孩子在公园一直游玩到太阳下山。我不但催着孩子回家，孩子的心思却还在滑梯上。黄绿色的滑梯非常漂亮，我使用了闪光灯以突显其可爱的色彩（A）。照片 B 则是公园里盛开的黄色花朵，用 B 快门搭配绿色闪光灯拍摄。

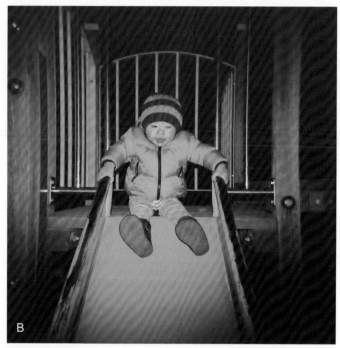

相机：HOLGA GCFN 快门速度：自动 光圈：自动 ISO：100
胶卷：FUJICOLOR PRO 160NC

## 我使用的相机

### Lomo COLORSPLASH CAMERA

使用要点：

1. 小心手指不要挡住镜头。
2. 与被摄主体的距离保持 1～3 米。
3. 无论白天还是晚上都能为被摄主体添加色彩的乐趣。

有 12 种闪光灯颜色可供选择，为被拍摄的景物加上不同的色彩，另外还拥有 B 快门功能，它既能充当普通相机，需要时也能化身为特殊相机。

# 街灯下的美景 🚴 ⏱ 🔲

A

相机：LC-A+ 快门速度：自动 光圈：自动 ISO：400 胶卷：FUJICOLOR 商用彩色胶卷

在公寓的自行车棚，排列整齐的自行车在日光灯的照射下，别有一番魅力。我想表现明亮的感觉，尽量让足够的日光灯光线入镜（A）。照片 B 是被雨水浇湿的柏油路面，反射着路旁绿色灯饰的光线，我把它拍成光影道路的感觉。

B

相机：ASAHI PENTAX ME 镜头：50mm F1.4
快门速度：自动 ISO：400 胶卷：FUJICOLOR 商用彩色胶卷

正前方的日光灯光源

把相机放在围栏上拍摄

# 夜景的柔和氛围 📷 ⏱️

相机：LC-A+ 快门速度：自动 光圈：自动 ISO：400 胶卷：FUJICOLOR 商用彩色胶卷

**拍摄要点**

1. 从暗处向光线明亮处拍摄。

2. 通过手抖营造出柔和的感觉。

3. 不使用闪光灯。

为了表现街景的光影变幻，相机周围的光线越暗越好，这是我费尽心思才找到的一处没有街灯干扰的地方。

相机：LC-A+ 快门速度：自动 光圈：自动 ISO：400 胶卷：FUJICOLOR 商用彩色胶卷

行车时，有时公共电车会开到我的车前，橘色的街灯与交错的电线以及公共电车，看似杂乱，却是极富生活质感的场景。为了表现温馨的氛围，我没有将相机固定拍摄，而是手持拍摄，借由手抖营造的模糊效果来表现。这是我在等候红灯的间隙，没有通过取景框观察就抓拍到的一张照片。

# 利用光线营造现场感

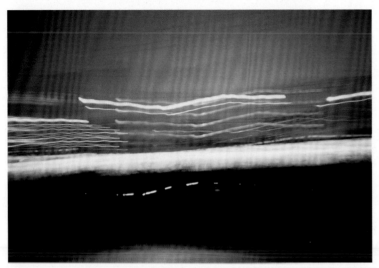

相机：LC-A+ 快门速度：自动 光圈：自动 ISO：400 胶卷：FUJICOLOR 商用彩色胶卷

从办公室外面的阳台望过去，马路对面有一条铁路，工休时我来到阳台上，运行中的列车，蜿蜒出一行光的线条。我被这幅影像所吸引，忍不住拍摄下来。特意用手持方式拍摄，以更加突显动态的感觉。

## "Profile"

博主：潘趣酒

博客：潘趣酒W白色

网址：http://ponzww.exblog.jp

摄影资历：半年

博客更新频率：不定期

职业：上班族

装备 相机：Lomo LC-A+/LOMO COLORSPLASH CAMERA/: HOLGA 120GCFN/ASAHI PENTAX ME

我喜欢摄影时对时间的种种玩味，不管是电光石火的一瞬，还是用B快门拍摄时凝聚了数秒的等待，其中都夹杂着高兴、紧张的情感。我的拍摄哲学是，只要是自己喜欢的或是能引起我兴趣的都要一网打尽。所以，所有的照片，即使是失败的作品，我都喜欢。

# 拍摄美丽的天文摄影

　　有着"就靠手头现有的相机，拍摄出美丽的天文摄影"的人应该为数不少，下面，将由知名天文摄影师吉田隆行先生讲授天文摄影的拍摄秘诀。

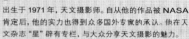

😊 **吉田隆行**

出生于 1971 年，天文摄影师。自从他的作品被 NASA 肯定后，他的实力也得到众多国外专家的承认。他在天文杂志"星"辟有专栏，与大众分享天文摄影的魅力。

**博客名称：** 天体写真的世界
**网址：** http://ryutao.main.jp/index.html

## 天文摄影的魅力

　　天文摄影的魅力就在于它能呈现多种多样的面貌。比如让月球表面的岩石坑占满整个镜头，又或者把数码相机放在三脚架上长时间曝光拍摄，都是比较典型的天文摄影。也许天文摄影给人一种需要高深知识与专门器材才能完成任务的感觉。但当前数码相机的功能已大幅提升，即使是手头现有的机型，也能拍出虽然简单但同样美丽的天文摄影。所以，我认为天文摄影是能发挥个人创意、拍出自我风格照片的摄影领域。那么，就让我们从我们最熟悉的月亮与星空开始天文摄影吧。

## 美丽的天文摄影所需器材

### 相机 最好选用单反相机

拍摄星星时,最好使用数码单反相机。星空光线微弱,需要长时间曝光拍摄,由于单反相机的噪点比较少,因此占有优势。另外,因为是数码形式,拍摄后可当场检查是否成功也是它的一大优点。可更换的镜头,也使得其表现能力更丰富。

### 镜头 用广角镜头拍出广阔感

拍摄星空时,相对于单独拍摄星星,若能将现场的有关景物也收入镜头则更容易拍出佳作。不妨使用广角镜头,把高山与壮阔的风景也一同拍下来吧。选择拥有大光圈、防手抖功能的镜头,使用起来会更方便。

### 三脚架 稳定压倒一切

拍摄星星时,稳定支撑相机的三脚架不可或缺。如果长时间曝光拍摄时,三脚架发生晃动会导致影像模糊。另外,安稳固定相机的云台也是必不可少。

### 快门线 具备计时功能更好

如果要用长时间曝光拍摄星空,为避免手指按动快门时影响到相机,快门线也是必备的功能。

## 亲手试试看

### 1.安设相机

首先考虑拍摄哪个方向的星空,再把相机固定在三脚架上,为避免中途三脚架晃动,尽可能选择平台坚固的地面安放三脚架。若是安放在坡道上,要调节每根支架的长短,以保持相机水平。

### 2.留意对焦是否清晰

星星的光线比较暗淡,自动对焦可能难以对到焦,请用手动方式对焦。首先将 ISO 值调到最大,试拍一张后在屏幕上以最大放大倍数检视,如果发现没有对到焦,则再行调节后拍摄,反复几次后就可确保对焦准确,拍出清晰的影像。

### 3.微调曝光设定

方位与对焦点确定之后就可以拍摄了，在此之前还要设定快门速度，因为天空比较暗，自动曝光功能无法运作，必须先试拍几张，检视影像效果后再对曝光进行微调，这种情形下，由于数码相机能马上确认影像的效果，因而比较方便。

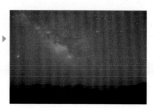

### 4.拍摄完成

在相机处于固定拍摄的状态时，如果ISO值调得越高，快门速度就越快。拍出的星星就不会形成一条弧线，而是点状。如果快门速度越慢，拍出的星星则会出现一条弧线。不妨多加尝试不同的拍摄方式，寻找适合自己的风格。

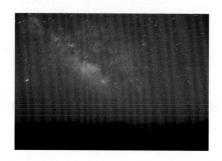

---

### 天文望远镜与数码相机结合拍摄月亮

一开始拍摄星星，大多数人随后不免想要亲眼看看月球或是其他的行星。这时候天文望远镜就必不可少。选购时要留意望远镜镜头是否不会摇晃，这样才能确保观测时的稳定状态。

有了望远镜，就算是轻巧的数码相机也能拍摄月球表面的岩石坑等美丽景象。操作起来也很简单，先用肉眼透过望远镜找到月亮的位置，再把数码相机的镜头接近望远镜的目镜拍摄即可。现在市场上还有把目镜与相机镜头连接起来的连接环出售，有了连接环的辅助，拍摄更加轻松。

### 怎样拍日食？

小技巧

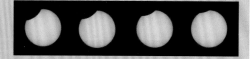

所谓日食，就是白天时，太阳被月亮挡住的情形。这也是比较典型的天文现象。拍摄日食，也就是要拍摄肉眼不能直视的强烈太阳，因此必须采用减弱光线的专门设备。有了专门设备，余下的摄影部分也就容易了。但有些设备并不能过滤红外线，因此可能会造成眼睛疼痛的潜在危险。拍摄时也不要通过取景框直接观看。

注意：透过望远镜或相机镜头观看太阳会有失明的危险，拍摄时务必随时警醒自己拍摄太阳的危险性。

我推荐的减弱光线的设备是Baader Planetarium 生产的 AstroSolar。这是一款可以根据需要裁减尺寸的减弱光线的薄膜。详细的使用方法可参见说明书。

# 玩味古董相机和玩具相机

不管是一生至少要把玩一次
的古董相机，还是可以轻松
拍出个性照片的玩具相机，
下面将介绍这些相机的使用
技巧以及特色所在。此外还
会提供选购的相关信息。

# 历久弥新、可爱的古董相机

"我也想把玩古董相机，可是不好获取……"有这种想法的人应该为数不少，古董相机种类繁多，有的结构复杂，有的则操作简便。下面将介绍 4 种相机的使用方法。

## Leica CL

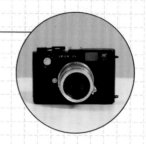

**SPEC**
胶卷：135胶卷
快门速度：B快门、1/2～1/1000秒
机身尺寸：120mm×77mm×32mm
机身重量：365克

生产于 1973 ～ 1976 年间，CL 是 Compact Leica 的缩写，由德国的 Leitz 公司（也就是现在的 Leica）委托日本的 Minolta 公司（也就是现在的 Konica Minolta 公司）生产，拍摄出来的影像色彩鲜艳，明亮的取景框也是其一大特色。取景框中还标有 40mm 与 50mm 镜头专用的取景框，装上了 90mm 的镜头之后，50mm 的取景框会随之消失。

### 使用方法

1. 相机底部的中心位置有一拉杆，将其竖起后往后拉就可以抽出暗盒。

2. 把暗盒完全抽出后，翻起胶卷压板。

3. 把胶卷的头部插入卷轴，扳动过片杆以确认是否已正常上片，按下快门钮。

4. 放回暗盒，再扳动 1 下过片杆，调节光圈与快门。

5. 按住胶卷感光度调节环，转动调节至合适的 ISO 值。

6. 透过取景框对准被摄主体，转动对焦环对焦即可拍摄。

7. 拍摄完成后，按下相机底部的圆形按钮，随后扳动回片杆把胶卷回卷。

这款相机拍摄的照片

## Altissa BoxCamera

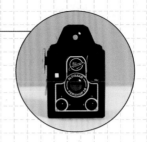

**SPEC**

胶卷：120胶卷
快门速度：B快门、1/25秒
机身尺寸：120mm×80mm×80mm
机身重量：300克

德国 Eho-kamera-Fabrik 公司 1954 年生产的盒型相机。不仅外形简练，操作也非常简单。光圈只有 F8 与 F16 两种，快门也只有 B 快门与 1/25 两段，功能相对简陋，但拍出来的影像效果却好得叫人惊奇。取景框使用方便也是该款相机的一大特色。但机身过于轻巧，故拍摄时比较容易受手抖影响，最好搭配三脚架使用。

## 使用方法

1. 将机身侧面的锁定杆扳到刻度 A 的位置，解除锁定。

2. 拉一下过片杆，将外壳与相机分开。

3. 把胶卷放入相机下方，再将胶卷抽出，扯动胶卷头部到机身上方并卷好，确认胶卷头部是否已上好。

4. 再将外壳与相机拼合好并锁定，再卷紧过片杆直至红色计数器出现 1 的标志。

设定快门
设定光圈

5. 设定光圈与快门。

这款相机拍摄的照片

6. 平稳拿好相机，按下白色按钮即可拍摄。

7. 拍摄完成后，转动过片杆至感觉胶卷已经松动后，即可取出胶卷。

## Flexaret VI

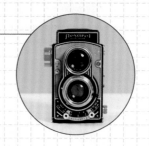

**SPEC**

胶卷：120胶卷(配备135胶卷转换套件)

快门速度：B快门、1~1/400秒

机身尺寸：87mm×135mm
（取景框折叠时）×105mm

机身重量：970克

　　捷克斯洛伐克1961 ~ 1967年间生产的双反相机。双反相机的机身较小，操作起来很方便。处于镜头下方的对焦杆的设计也很少见，但其操作方便的特色也成为该款相机拥有较高人气的原因。它可以拍摄6×6、6×4.5的格式。若换上135胶卷转换套件，还可使用135胶卷。

## 使用方法

1. 将位于机身侧面的旋钮顺时针旋转180度后，轻压一下后盖，即可将其打开。

2. 装入胶卷后，转动过片钮，直到胶卷上的箭头标志与机身上的白点对齐为止。

3. 盖上后盖，再转动过片钮，直到胶卷的显示窗的标志为1。

设定光圈　设定快门

4. 打开取景框，再设定光圈和快门。

5. 使用镜头下方的对焦杆对焦。

6. 按下快门钮就可完成拍摄，每拍摄一张，转动一下过片钮，直到胶卷无法转动为止。

7. 如果拍摄的是6×6格式，当显示窗出现12时就表明胶卷已经拍完，转动过片钮，直到感觉胶卷松动。

8. 打开后盖，把过片钮向外拉就可取出胶卷。

这款相机拍摄的照片

## Zorki 4

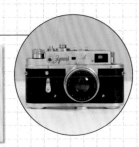

**SPEC**

胶卷：135胶卷

快门速度：B快门、1/2~1/1000秒

机身尺寸：142mm×92mm×40mm

机身重量：600克

　　生产于 1956 ~ 1973 年，是前苏联时期的代表相机。同 Barnack 型的莱卡相机一样都使用 L39 的螺口接环，可与莱卡的镜头直接互换使用。它的特色在于取景框明亮且容易对焦。影像的清晰度以及色彩还原度都比较出色。另外，此款相机并不采用过片杆的结构，而是用旋转旋钮的方式过片。

## 使用方法

1. 相机底部的两侧各有一个旋钮，将旋钮的把手立起来后转动，即可将暗盒抽出。

2. 拿出过片转轴，并将胶卷头部插入。

3. 装入胶卷后，略微转动位于相机顶部的过片旋钮。

4. 确认胶卷正确上卷后，把外壳装回，重复过片以及按快门 2 ~ 3 下。

调整视度

设定快门　　设定光圈

5. 拍摄前先设定屈光度、快门与光圈。

6. 调节对焦环使取景框内的两处影像重合即对焦成功，随即可按下快门拍摄。

7. 拍摄完成后，向下按住快门外环，逆时针旋转到不能转动为止。

8. 提起倒片杆，按箭头方向转动，直到感觉胶卷已经松动为止，即可取出胶卷。

这款相机拍摄的照片

# 玩具相机——个性的外观与影像风格

玩具相机操作起来很方便，拍出的影像又具有个人特色。下面将介绍 4 款人气相机以及它们的作品展示。

*4 款相机均使用 135 胶卷。

## SuperSampler

咨询 Lomography Galley Shop Tokyo TEL：03-6418-7894

这款相机有 4 个镜头，拍摄时，只要轻拉拉绳，拍动快门就能同时在一张底片上拍下四格照片。有 0.5 秒 / 张（2 秒 /4 张）和 0.05 秒 / 张（0.2 秒 /4 张）两种快门速度可供选择。

拍摄要点：

1. 建议使用 ISO 800 胶卷。

2. 可以拍摄运动中的主体。

3. 拍摄时相机要纵向或横向移动。

**SPEC**

机身尺寸：
65mm×32.5mm×101.5mm

快门速度：
0.5秒/张、0.05秒/张

光圈：
无法设定

成为四连拍达人吧！

## Fisheye

咨询 Lomography Galley Shop Tokyo TEL：03-6418-7894

**SPEC**

机身尺寸：
105mm×60mm×68mm

镜头焦距：10mm

快门速度：1/100秒

光圈：F8

拍摄要点：

1. 近距离拍摄（距离被摄主体约10厘米）。

2. 从极高或极低的角度拍摄。

3. 构图时考虑到空间的纵深，使得被摄主体更显立体。

配备了鱼眼镜头的 Fisheye 相机能够拍出独有的圆形影像。透过这种超广角镜头，我们能感受超越视觉体验的奇幻世界。鱼眼镜头可不只是用来拍变形大头照的，发挥你的创意，玩出自己的风格吧！

## black bird，fly

咨询：Power Shovel TEL:03-5428-5574

一提到双反相机，不免让人想到使用 120 胶卷，这款相机却是使用的 135 胶卷。它配备有双反相机常用的平视取景框，可让你轻松享受拍摄的乐趣。

**拍摄要点：**

1. 有 3 种拍摄格式可供选择。

2. 拍摄时防止手抖。

3. 光圈为 F7（阴天），F11（晴天）。

### 3 种格式带来的不同乐趣

**SPEC**

机身尺寸：
65mm×120mm×60mm
镜头焦距：33mm
快门速度：1/125秒
光圈：F7(阴天),F11(晴天)

135 片幅（24mm×36mm） 正方形片幅（24mm×24mm） 135 片幅（含齿孔）

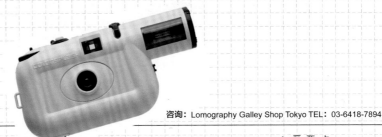

## Color Splash

咨询：Lomography Galley Shop Tokyo TEL：03-6418-7894

配置有手动的闪光灯颜色转轮。随机附有 12 种颜色的滤镜，可从中选择 3 种装在闪光灯中。不装滤镜时也可以作为普通闪光灯使用。

**SPEC**

机身尺寸：
152.5mm×82.5mm×37.3mm
快门速度：B快门、1/125秒
光圈：F8

**拍摄要点：**

1. 体验不同滤镜的不同效果。

2. 拍摄时应配合长时间的曝光。

3. 在白天也可尝试拍摄。

### 给世界染上鲜艳色彩

# 相机保养指南

相机能使用得越久，就能从中感受越多的乐趣。如果平时养成了勤加清洁与保养的习惯，即使出了小状况也能马上察觉。不妨准备好吹尘球以及拭镜布（或镜头纸），一周进行一次保养。

1. 先用吹尘球将相机外部清理一遍，去掉表面灰尘。

2. 用专用的拭镜布轻轻擦去镜片上的脏物。（由于镜片易告刮伤，请勿使用手帕或面纸擦拭）

3. 取下镜头以吹球吹掉机身内部灰尘。

4. 打开后盖，吹出快门帘附近的灰尘。

5. 按下快门，观察快门帘的动作是否正常。

6. 最后看观景窗，并再度按下快门以确认是否正常工作。

# 后　记

　　浏览本书，您不仅可以欣赏到许多达人拍摄的作品，还能了解他们在镜头后的构思，也许这才是摄影中最重要的部分。本以为是日常生活中司空见惯的风景，在这些达人镜头的呈现之下，才赫然发现，换个角度，竟有不同以往的惊喜。

　　当您明白看似平凡的生活中也蕴藏着这些简单的美好时，或许也能发掘其中属于自己的风景。

　　合上本书，任他人的摄影故事在您脑海中翻腾，希望您也能把握生活中的每个精彩瞬间。

　　也许您已通过摄影留存了很多温馨的时刻，何不试着把这些美好的故事或是那些让您感到惬意的场所与他人分享呢？

　　照片也许是能直达人们心间的沟通方式，通过交流，我们的视野也渐趋宽广，也能在日常生活中拥有更多的决定性瞬间。

# 译 者 后 记

　　非常有幸能翻译这两本关于日本摄影的书，日系摄影以清新平和、自然写意的风格而被各类小清新范儿的"摄友"追捧，尤其是氛围摄影这本图书中介绍的森友治，更是生活摄影领域的翘楚，他十几年如一日地以博客图片的形式记录着自己对家庭的爱意，照片大部分是在自然光条件下取景，所以记录的每一个表情和动作都显得那么自然生动富有乐趣，观赏者也逐渐如家人一般熟悉其中的每位家庭成员，憨憨的儿子空，活泼的女儿海，善解人意的妻子阿达，超级可爱的狗狗"疫苗"则兼具着"麻烦制造者"与"笑料发生器"的功能。森友治往往借助大光圈来突显细节之美，从而使这些照片更加细腻敏感，色彩也是明亮温暖油润。对于时下流行的日系色彩，森友治可以说是相当资深的践行者。看着这些温暖色调的照片，感动总会从心底泛起，并不断问自己，摄影到底是什么，所谓的理论和态度也许都不重要，只需要像森友治那样让镜头像眼睛一样始终注视着我们爱的人。

　　创意摄影这本书则是集结了数十位日本人气博主的私家心得，告诉你如何在拍摄中加入新鲜的创意，让你的照片抓住更多人的眼球。

　　前一段有朋友去刚经历了地震的日本游玩，她说当地的人心态安详而平和，衣着素净而不铺张，我想这和日本摄影师照片所呈现的风格应该也是一以贯之的，摄影，最需要的也许就是恬淡的心境，摒弃外界的嘈杂喧嚣，应该就能拍出自己满意的作品。

　　最后还要感谢田凯勋、黄妍、李鸿等朋友在我翻译这两本书的过程中提供的帮助。另外，贾斌编排的版式也为本书增色不少，在此一并表示感谢。

苧 溇

2011年8月